altamarea

Primera edición en esta colección: marzo de 2025

altamarea.es
altamarea@altamarea.es

Diseño de la colección: Sara Maroto Hebrero
Corrección: Lidia Suárez Armaroli
Maquetación: María Pérez Balteira

ISBN: 978-84-10435-07-0
DL: M-4303-2025

Impreso en España por Solana e Hijos Artes Gráficas en febrero de 2025

ANTONIO RODRÍGUEZ DE TUDANCA

En lugar del amor

BARLOVENTO

A Bea

Temporada 1

ENERO DE 2015

Allertse tiene veintiséis años. Al invertir el *nick* aparece su verdadero nombre, información que me traslada el tercer o cuarto día que logro intercambiar unos mensajes con ella. Estoy empezando a ligar por Internet y lucho por que mis pequeñas bombillitas no huyan en tropel del lóbulo frontal al hipotálamo, responsable de las funciones primarias del ser humano. Las mujeres que utilizan la lengua del diablo para escribir su nombre suelen ser dulces y benevolentes. Combina fotos en las que luce pelo largo con otras, que intuyo más recientes, en que las puntas no llegan a tocar los hombros. En todas está delgada, tanto como para poder sostenerla en brazos un par de minutos sin que los bíceps comiencen a temblar. Cuando esto ocurre, es conveniente repartir el peso apoyando la espalda de la chica en la pared más cercana. Si se hace con cierta agresividad se considera empotramiento, actitud muy celebrada entre mujeres de todas las ideologías y temperamentos. Este tipo de cosas se aprenden follando.

FEBRERO DE 2017

Alberto, el chico de nombre falso

En realidad, se llamaba Antonio, pero me resultó un nombre tan común que le seguí llamando Alberto, el que eligió como *fake* en Tinder. Sufría del mal del siglo XXI. Un ego suficiente para tres vidas y la vagancia del intelectual medio; nada talentoso, ni en la cama ni en la vida. Llegó a mi casa pensando que tenía el poder. Típico de los nacidos en octubre, insoportables de corazón, anclados en su realidad de macho dominante. Lo que viene siendo un sufridor egoísta, con aspiraciones a mujer florero. Sin tener encanto alguno y con la arrogancia peterpanesca de los treintañeros que se creen merecedores de una vida mejor y la esperan sentados en su sofá. Lo tenía todo. Era hasta pinchadiscos de poca monta en un bar. Por supuesto «indie». Me sorprendió que no llevara barba. Lo recibí subida en una banqueta arreglando mi aire acondicionado, nada erótico. Se le dilataron las pupilas, ahí supe que le gustaba. Sentí que lo conocía, capullos así abundan demasiado. Cuando se fue, no había ocurrido nada especial. Salvo el paso del tiempo.

—No veo qué tiene de especial el paso del tiempo. De hecho, es de lo más ordinario.

—Jaja, te has picado.

—Tienes problemas con los signos de puntuación, entre otras cosas —le dije al devolverle el iPad.

—¿Qué cosas? —preguntó Lola.

—Con la percepción de la realidad.

—¿Alguna cosa más?

—Sí, si el texto tuviera voluntad literaria, debería ser más visual.

Lola me miraba con la atención de una alumna aplicada, abriendo más aún unos ojos de sapo.

—Dices mucho y muestras poco.

—¿A qué te refieres? —volvió a preguntar.

—Las únicas imágenes del texto son la banqueta en que estás subida, mis pupilas dilatadas y la ausencia de barba. Lo demás se lo tiene que creer el lector, aunque no lo vea.

El texto me lo mostró la segunda vez que pasé por su cama deshecha de treintañera peterpanesca, sobre la que reposaban unas sábanas arrugadas con estampados descoloridos, pelotillas y algún lamparón que otro. Por esa época mi inocencia había perdido escrúpulos, y mis escrúpulos inocencia, y no me importaba que hubieran pasado tres o cuatro tíos desde el último lavado sin suavizante.

—Tiene sentido —dijo encajando la crítica con deportividad—. ¿Te ha molestado lo que escribí sobre ti?

Un año y medio antes había subido los cuatro pisos sin ascensor de un edificio desvencijado de Ciudad de Barcelona. El portal era pequeño. A la derecha, nada más entrar, estaba el primer tramo de la escalera, formado por unos escalones de madera que crujían a cada pisada. En los rellanos más altos, a través del patio interior, se colaba una luz mediterránea. Me encontré la puerta abierta. Lola estaba en la otra punta de la estancia, en la zona de la cocina americana, arreglando el aire acondicionado subida a una banqueta. Cuando levantaba los brazos para manipular el aparato se le subía el faldón de la camisa, que dejaba a la vista unas lorcillas como butifarras blancas. Que dijera que desde esa distancia podía distinguir la dilatación de mis pupilas solo confirma que en las autobiografías suele haber más deseo que realidad.

—¿Haces estos retratos con cada tío que te follas?

—Con la mayoría. —Lola hace una pausa valorativa—. Algunos no me estimulan ni para eso.

Estábamos tirados en la cama, desnudos, yo contemplando el techo y Lola en posición lateral, mirándome con sus ojos grandes. Una semana antes, Facebook me la había recordado al proponerme su amistad. «Personas que quizás conozcas»: Lola Rosetti. Pinché en la foto de perfil y supe que ya me la había tirado. Salía sentada y con gafas de sol, pero el gesto de la boca redondeada y sus bucles rojizos me hicieron caer. Me recordó al aspecto de la muñeca chochona que me tocó en un circo al que me llevó mi padre a mediados de los ochenta. Fue un ejemplo de cómo tener mala suerte teniéndola buena. No le solicité amistad, pero le envié un mensaje. Saludé y me contestó a los dos días, fingiendo no reconocerme. Tras los primeros mensajes de rigor, le lancé la proposición: «¿Oye, tú me la chuparías sin más?». «A qué te refieres», contestó. «A que si me la chuparías y ya». «¿Sin hablar ni nada?». «No, tampoco es eso, humanizado. Hablaremos, preferiblemente después». «Vale».

Lola era locuaz y tenía una curiosidad indisimulada por la gente a la que consideraba creativa. La habitación la vestía un armario de formica, la cama de metro y treinta y cinco, que topaba con la pared y una mesilla barata del Ikea repleta de libros de tapa blanda.

—Podrías escribir tú tus experiencias por Tinder. Te daría para tres tomos.

—Quizás lo haga.

—Cítame en los agradecimientos.

—Comenzaré con esta escena y después haré un *flashback* —le respondí—, o un *in medias res,* que mañana he quedado con otra.

ENERO DE 2015

Vivo en un edificio de quince alturas al que una mampara protege de los ruidos de la M-30. Al otro lado respira la Casa de Campo, a la que se puede cruzar por una pasarela. Hay épocas en que salgo casi a diario a montar en bici y ya no la veo como un simple reducto de domingueros y consumidores de fornicio. Las prostitutas son siempre las mismas, a las pocas semanas me resultan tan familiares que dudo si saludarlas o no. Por la ventana de mi habitación pasa el mayor número diario de coches de España, pero, si les das la espalda, te encuentras con un barrio popular, de tenderos con grandes dotes narrativas, adolescentes que juegan al fútbol y se lían porros, y ancianos que dan tres pasos por adoquín. Hay un mercado con nueve o diez puestos en el que suelo hacer una compra caprichosa; está a una manzana del Dia, por el que casi siempre paso sin pararme. Frente a mi portal hay una pista con dos porterías y cuatro canastas rodeada de árboles, jardines y dos bares donde ver el fútbol y beber cerveza en copas sucias. Vivo a treinta metros del río y a dos grados menos que el resto de la ciudad. El piso es grande, tiene terraza y entra mucha luz, pero necesita una reforma y una limpieza profunda. Sin lo segundo, corro el riesgo de que mi primera cita por Internet huya por no saber dónde dejar el bolso. El señor Lobo planificó un calendario inspirado en el que cuelga de los aseos del Vips por el que los tres nos turnaríamos la cocina, el salón y el baño una vez a la semana, pero nos lo saltamos con cualquier excusa, y a veces sin ella. Futre no ayuda mucho, deja pelos en el sofá y saca la tierra del arenero cuando escarba. Una vez, un zurullito llegó hasta el pasillo.

Allertse es conserje de Sercon en la Torre de Madrid. Horario nocturno. Trabaja cuatro días y descansa tres. Conoce la vida y milagros de su compañera y está deseando que se vaya a hacer los turnos de inspección de las treinta y siete plantas del edificio para responder con más calma a los mensajes conminatorios de los usuarios de la aplicación Pof. Tiene dos gatos, un blog de viajes que comparte con una amiga que le saca diez años y vive en Rivas, en una urbanización recién levantada en un descampado camino de Mejorada. En el grupo de Facebook del barrio de la Luna reivindican una salida directa a la M-50. Me meto en Google Earth y examino la zona. No parece que haya ni comercios ni servicios públicos, pero los bloques tienen piscina y los pisos deben de oler a nuevo. Me veo dentro de uno de ellos, siguiendo el rastro del perfume barato que seguramente gaste Allertse y noto una leve respuesta de mi polla a ese estímulo de la imaginación.

Las semblanzas están llenas de tópicos. Las frases sacadas de canciones tienen un pase, al menos escuchan las letras: «Dejarse llevar suena demasiado bien». Usan frases de Paulo Coelho, pero ni siquiera a él han leído. Abundan los navajazos al diccionario.

Yo El laísmo tiene un pase, pero el verbo haber va con hache, con be y junto.

Pofera Ke es laismooo???

Yo Nada, que si quieres follar.

Pofera Noo, otro salidooo.

De vez en cuando lees alguna descripción expresiva y original que te da para lanzar el cebo, tirar del hilo e ir desenrollando el ovillo del deseo. Suelto el móvil y veo una pelusa entre la mesa donde descansa mi Mac y la que Jaime recogió de una calle de Lavapiés tres semanas después de mudarnos.

Es jueves por la noche, Allertse libra y no se conecta. Repaso sus fotos. Mi preferida es una en la que aparece con su amiga en una calle de algún país de Indochina donde la gente tiene la piel cobriza y los ojos rasgados. Ella está entre dos niños con ropas raídas y se le marcan los pechos como dos lunas llenas en una camisa blanca de cuello abierto. Está ligeramente echada hacia atrás, la sonrisa es amplia y el vientre plano. Parece que tenga un ojo más grande que el otro, el derecho, lo que provoca un efecto de protagonista de *La naranja mecánica.* Compruebo las otras fotos y también lo aprecio. La asimetría es bella.

Jaime crea una cuenta en Badoo el mismo día que por fin se independiza de sus padres y yo una en Pof el mismo que corto con mi ex. Nina Be se cansó de no poder quedar los fines de semana porque trabajo poniendo música y ya no soportaba mis desplantes. Discutíamos con vehemencia, me acusó de maltratarla psicológicamente durante los cinco años que estuvimos juntos y, cuando en mitad de las mil discusiones que teníamos, veía que no reaccionaba, que me giraba en la cama, hacia la pared, y me quedaba en un silencio frío, me deseaba la muerte. Nina Be es la mejor persona que he conocido, pero conmigo siempre tuvo muy mala hostia.

Pof es un escaparate con productos de distinta calidad, productos que son objetos y sujetos a la vez, que interactúan conmigo, que soy a mi vez otro objeto y sujeto que interactúa con ellos. Allertse es un disco de un grupo pop español, tiene una letra facilona y una música pegadiza que te anima a mover las caderas. Suena en todos los locales de la ciudad, y aunque a medio plazo no quedará en la memoria de nadie, que te quiten lo bailado.

Jaime lleva seis meses liado con una chica de Badoo. Trabaja de cocinero a jornada completa y el tiempo que le queda lo reparte entre quedar con ella, discutir en foros de Internet con creacionistas y tantear otros perfiles de chicas. Es voluminosa y sensual, y en la cama practica posturas circenses que a Jaime le ponen como una moto. Me dice que nunca ha practicado tan buen sexo, pero decide dejarla. No lee a Darwin, tiene voz de pito, habla alto y porfía verdades científicas no sabemos si por joder o porque es una magufa sin solución. Le gustan los Burning y es buena chica, pero ya ha cumplido su función en la, hasta ahora, corta vida sexual de mi amigo.

Allertse me hace caso por dos motivos: se aburre mucho y le empiezo a caer simpático. Sigo la máxima de mi tío Cosme, «Háblales de lo que les interesa, si les gustan las películas en blanco y negro, te pones a ver comedias clásicas. ¿Conoces *Encadenados,* de Hitchcock?», «Tío, tengo trece años, solo veo pelis de Stallone», «Pues hay una escena en que…». Años después, Nina, que ha hecho mucho por mi educación, me dijo que su escena favorita era en la que, en un avión, Cary Grant echa la mirada de amor más sincera del cine a Ingrid Bergman.

En una de las fotos, Allertse aparece dentro de una maleta con las piernas replegadas y la risa de estar haciendo algo divertido. Son las dos de la madrugada, hace días que me ha dado su WhatsApp, pero le sigo escribiendo a la aplicación. Le digo que calculo que tardaría entre diez y quince minutos en llegar a su trabajo en bicicleta. Me dice que lo compruebe. Al final son diecisiete. La cuesta de San Vicente es dura, subo piñones, pero empiezo a sudar, a dos grados sobre cero y empiezo a sudar. Las farolas proyectan una luz anaranjada, de puesta de sol eléctrica y no hay un alma en la calle. Espero unos minutos para acompasar la respiración antes de llegar al edificio porque no quiero parecer nervioso. Cuando lo alcanzo, ella ya está fuera. Viste una camisa azul de Sercon, que tiene el logo rojo bordado a la altura del pecho, y unos pantalones negros. Coloca la mano izquierda bajo su codo derecho, formando una ele, y con la otra sostiene un cigarrillo.

—¿No te pones ni una rebequita? Te vas a congelar.

—Tuve un bisabuelo nórdico— me responde.

Me mira con una sonrisa abierta. Confirmo lo que intuía, hacía poco que se había cortado el pelo, seguramente con una intención catártica, que le van mucho los rollos de la energía y las filosofadas orientales. Aunque no le pega lo gótico, se tiñe el pelo de negro azabache. Me gusta su flequillo a lo Liz Taylor en *Cleopatra.* Y hasta ahí su parecido con Liz Taylor. Estrella cree en el horóscopo y no conoce ningún título de la discografía de Bowie. Tiene las pestañas largas, los ojos grandes y, efectivamente, asimétricos. El derecho parece tener vida propia, como si te escrutara o grabara tus movimientos, como si fuera una más de las cámaras de videovigilancia de la famosa torre. Tiene la piel algo áspera, pero es una chica bonita, con buen tipo, pocas curvas y cadera estrecha, como gusta ahora. Una chica palo. Le miro los pezones, que se le marcan bajo la blusa como dos balas.

—Bueno, ¿qué? —me dice—. Aquí estás, después de tanto hablar.

Mi habitación es la única que da al comedor. Me acuesto tarde y el sonido de las teclas, de las series que veo y de las pajas que me hago molestan al señor Lobo, que es el que más madruga.

Jaime sale de la suya con un pantalón de pijama de hospital, el torso desnudo, porque no soporta la calefacción central, y los rizos revueltos. Es guapo y un poco escuálido, aunque lo compensa con su metro ochenta y bastante. La nariz es grande y recta, los ojos claros y se hace fotos retocadas, con lo cual parece más masculino de lo que es. En el perfil de Badoo cuelga una de un primer plano con la lengua fuera, en blanco y negro y los ojos resaltados en un azul imposible.

El señor Lobo y yo jugamos una partida al Fifa. Grita mucho cuando está frente a la Play, insulta a sus jugadores, tira el mando y se queja del configurador del juego, y eso que casi siempre me gana. Se calla cuando sale Jaime, que está haciendo acopio de candidatas y meritorias y nos informa de sus progresos.

—Tengo una colección de cromos interesante.

—Pues deja de coleccionar y pégalos en el álbum.

Meses después, me dijo que esa frase le cambió la vida. No le pega ser tan intenso y habría acabado igual de todas formas, pero el caso es que lo dijo. Dejó el trabajo fijo de cocinero, volvió a dar extras sueltos y se dedicó a pegar cromos durante una temporada.

Mi tío Cosme me cambió la vida a mí con otra de sus frases: «El objetivo, Antonio, es bajarles las bragas».

Allertse se convierte en Estrella. El día que la conozco me tiro tres horas acompañándola en su trabajo, buena parte en la calle, sentados en un rincón del primer escalón del portal de cuatro metros del número 18 de Plaza de España, muertos de frío. Aprovechamos que su compañera repasa con una linterna las plantas del rascacielos para entrar en la cabina de recepción y sentarnos a una mesa triangular sobre la que descansan dos ordenadores que muestran el mosaico de imágenes que captan las cámaras de seguridad.

A las 6:30 cierra el turno y se cambia de ropa. La acompaño a Príncipe Pío, un tramo ella a pie y yo en bici; otros tramos, los dos a pie, yo llevando la bici, otro ella en el sillín y yo pedaleando de pie y, los últimos metros, ella sobre la bici mientras yo corro detrás. Nos tiramos dos horas hablando, sentados en otro escalón, dentro de la estación de metro. Me pone un auricular de su MP3 en el oído izquierdo, «es Rozalén, una cantante nueva, me encanta».

Al despedirnos, nos damos un abrazo largo en el que da tiempo a que Estrella note la presión de mi bragueta. Me siento bien cuando tengo una erección inesperada. Hasta el último momento guardo la esperanza de que me diga que le da pereza irse tan tarde. Se va. Intercambiamos los últimos mensajes por WhatsApp. «Ya he llegado a Rivas, cojo la bici y en media hora estoy durmiendo». Dejo el móvil, me masturbo y me duermo yo también.

—Comes como un lobo —le dice Jaime.

El señor Lobo se inclina hacia el plato como un animal. Come deprisa, como si fuera a venir el resto de la manada a quitarle lo que es suyo. Casi no ha tragado el anterior bocado cuando ya tiene más comida en la boca y, entre medias, nos suelta alguna frase incomprensible.

Con Jaime suelo ir a escalar al rocódromo de la Complutense si no está muy petado de universitarios con rastas. Con el señor Lobo voy al Calderón y a conciertos en la sala But. Jaime es del Madrid, defecto que nosotros no perdonamos.

—No me puedo fiar de un tío del Madrid que, además, tiene los ojos claros.

—Eso no tiene ninguna base científica.

Me gusta vivir con ellos.

Trabajo los viernes y los sábados de madrugada en un conocido local de rock de Madrid. Algunos jueves pincho para la competencia. Llevo cuatro años poniendo discos y todavía no he ligado dentro de la cabina. Bebía copas, admitía peticiones de Primal Scream, rechazaba de Linkin Park, cobraba y volvía a casa de Nina Be para follar con ella, abrazarla y dormir.

El título de politólogo lo guarda mi padre en un cajón de su mesilla por si alguna vez lo necesito. Se lo regalé hace unos cinco Reyes, enrollado en un lacito rojo. Me lo estuvo pidiendo el año y medio que transcurrió desde que le dije que había acabado la carrera hasta que me saqué las cuatro asignaturas que me faltaban. Dice que es el mejor regalo que le he hecho en su vida.

Dedico casi todas las noches a tantear chicas. Me acuesto sobre las seis de la madrugada, descanso peor. Agarro el móvil antes de abrir el primer ojo y compruebo si alguna chica me ha mensajeado.

Andrea escribe en su bio: «Cualquier cosa sencilla con buena compañía puede ser mágica. No me escribáis compradores de bragas ni gente que quiera que les meta algo por el culo. Gracias».

«Nombre vasco», le escribo como primer mensaje. Me responde que de vasca no tiene un pelo, que es griego. Le digo que en griego *andro* significa hombre y *andrea* en euskera significa precisamente mujer. Responde que le vaya a dar la brasa a otra. Sale con unos *leggings* que se le ajustan a la piel como el plástico al queso del *tranchette*. Una pena.

El Honky cierra a las 6:00, la camarera saca de la caja los ciento cincuenta euros del fin de semana y me despido del encargado con un apretón de manos y una sonrisa semietílica. Frente a la entrada, apoyados en un coche, dos borrachos me llaman a gritos, ¡¡diyei, diyei!! Me fumo un cigarro con ellos y con unas chicas a las que han entrado sin éxito. Una me pregunta si pincho más dentro o fuera de la cabina. La primera vez que me hicieron ese chiste tampoco tuvo gracia. Miro el reloj, he hecho algo de tiempo, me despido y me voy.

No ha amanecido, Estrella sale de la torre, ya con ropa de calle. La alcanzo y le tiro del tirante de la mochila que ha dejado suelto. Se da la vuelta asustada, pero sonríe al reconocerme. El flequillo y el pelo corto teñido de negro me recuerdan esta vez a Uma Thurman. Se quita los auriculares por donde sale Rozalén. Me acerco a ella, la cojo de la cintura y la beso.

Deja la mochila en el suelo y se agacha para acariciar a Futre. «Qué pelo más largo tiene». El gato juega con ella como con cualquier persona que se le acerca, se deja coger, luego intenta agarrarle las manos con las patas delanteras para morderla. Estrella flipa con él, Futre no se cansa y yo me impaciento. Recojo la mochila de Estrella y la meto en mi habitación. Me desnudo, entro en la ducha y dejo la puerta del baño abierta. Estrella entra cuando el agua ya sale tibia.

Este libro se terminó de editar en Granada
en abril de 2024 por

www.aversopoesia.com
hola@aversopoesia.com

Tiembla y tirita, a pesar de que debe de hacer más de veinticinco grados en mi casa. Es de los nervios, o de la excitación, porque cuando acerco mi mano llena de gel a su entrepierna tiembla más, como si tuviera fiebre. Nos besamos, le meto la mano por la raja del culo y, paradójicamente, se relaja. Nos enjabonamos mutuamente, me retira la piel y me lava el glande con minuciosidad de enfermera. Nos aclaramos y salimos. Me seca con la toalla que compartimos, se agacha, y la mete entre mis muslos. Al separar la toalla muestro una erección parcial. Acerca la boca y me da un beso. Le doy las gracias, ella ríe de nuevo, «no hay de qué».

El señor Lobo sale con Mónica, una reportera de Telecinco que vive en Mallorca. Le pagan por conexión, así que cada semana propone ella misma noticias a la redacción de Madrid, con escaso éxito. Le digo que debería hacer como aquel periodista que fabricaba los sucesos con sus manos, estrangulando a algún mendigo o lanzando un cóctel molotov a la luna de cualquier joyería céntrica. La veo capaz, los periodistas tienen más ego que los escritores. Me la imagino incitando a los guiris a practicar *balconing.* El otro día Lobo contó que se bajó en pleno atasco de la M-30 y cruzó hasta el parque de la Fuente del Berro de un cabreo. Él la disculpa porque su padre la abandonó a los siete años y eso la dejó traumatizada. No sé, tío, ya tiene treinta, no es justificable. El grupo de WhatsApp ha pasado a llamarse «Pegacromos».

Mónica pasea una mirada inquieta que solo disimula cuando entrevista en televisión al protagonista de alguna noticia que no suele importar una mierda a nadie. Cuando Piqueras le da paso, ya llevamos los tres veinte minutos viendo las noticias. El señor Lobo llama a su madre y a su hermana para preguntarles si la han visto. Su novia prefiere que usemos su nombre de pila o que no añadamos el señor al apellido, que su novio no es un personaje de Tarantino y tiene identidad propia.

El de la Luna es un barrio dormitorio con unas doce manzanas de pisos recién construidos. En los bajos hay cuatro bares y tres bancos. Estrella vive en la calle Carmen Amaya, la única sin connotación política. Quedamos a tomar algo en una de las terrazas y me cuenta que está amueblando la habitación de invitados.

—Solo me falta el sofá cama, no sé si comprarlo o hacerlo yo misma con palés y cojines. Si lo cogiera en Ikea, ¿me llevarías?

—Claro. —Le esbozo una firma en el aire al camarero—. Enséñame tu casa, va.

—No, a mi casa no vamos a ir.

—¿Cómo que no?

—Paso de llevar a tíos por si luego me dejan tocada y la casa me recuerda a ellos.

—Si es tu casa, solo te puede recordar a ti.

—Ya me pasó una vez.

—Qué sentido tiene eso. Me subirás dentro de dos meses, cuando ya sientas algo por mí y al dejar de vernos sí pueda pasar eso.

—O sea que nos dejaremos de ver.

—Yo no he dicho eso. De todas formas, entonces, ¿a qué he venido a este barrio?

—A verme.

—¿Pero vengo a verte debajo de tu casa, que está a tomar viento, y no me dejas subir?

Hay un parquecito entre cuatro bloques de pisos, el suelo es de arena. Nos sentamos en un banco y nos morreamos

ÍNDICE

I. DÉCIMAS

HUMEDAD 13
ILUSIÓN DE EQUILIBRIO 15
PRIMEROS SÍNTOMAS 17
RECOMENDACIONES 19
VÉRTIGO ANIMAL 20

II. MESETA

ESTUPOR 27
ESPASMOS MUSCULARES 28
DELIRIO ALTRUISTA 29
REAJUSTE DE PERSPECTIVA 30
MEMORIA DEL FRÍO 31

III. DECLIVE

REVELACIÓN 37
40.5 C 38
SOBRE LA IMPORTANCIA DE MANTENER LA HIDRATACIÓN 40
REMEDIO 42
ALIENTO ALIVIO 44
QUIETUD 46

como adolescentes sin techo. Estrella lleva unos vaqueros ceñidos y un plumas corto. Le bajo la cremallera, le subo ligeramente la sudadera y la camiseta que lleva debajo, me inclino hacia su regazo y le meto la lengua en el ombligo. Se ríe y se aparta, «tengo cosquillas». A cada rato se levanta, enciende un cigarrillo, apoya un pie en el asiento y sigue hablando de sus proyectos laborales, de sus viajes, de una boda a la que está invitada en Bahamas, del cuadro que va a pintar para colgarlo encima del cabecero de su cama…

—Va a ser una mujer, las piernas no acabarán en los pies, sino que se alargarán como la cola de un cometa.

Se vuelve a sentar, esta vez en el respaldo y su gemelo derecho queda a la altura de mi boca. Lo muerdo, me inclino un poco más y le paso la lengua por el tobillo. Estrella se queja entre risas y se levanta una vez más del banco. Es hiperactiva, locuaz, también su lengua viene y va, aunque no recorre grandes distancias.

—Mi primer trabajo fue en un bar de tapas. El encargado me dio un uniforme pequeño…

—Va, súbeme a tu casa, estoy pasando más frío contigo que un preso de Siberia.

—No.

—Que soy hipotiroideo.

—Que no.

Son las siete y algo, nos metemos en mi 206 color pistacho y el alba empieza a clarear la mañana. Estrella me baja la bragueta, me saca el pene amorcillado y lo endurece con la boca. Comienzan a salir los primeros coches en dirección a Madrid y a bajar vecinos que pasean a sus perros. Uno evacua cerca del coche, su amo se acerca y la mamada se queda a medias. Conduzco con el pantalón desabrochado. Cuando llego a casa, el sol de marzo ya ha cogido altura.

—¿Qué tal con la segurata? —me pregunta Jaime.

—La tengo a un paso.

—¿Pero te gusta?

—Hombre…, no es Nina. Y tú, ¿qué tal?

—Buf.

Me cuenta que ha comenzado a tirarse a una chica a la que llama «la tatuada». Tiene treinta y largos, pero aparenta diez menos, hace *crossfit* y bailó en Londres alrededor de la barra americana de un bar donde también servía copas. Follaron en la cocina, mientras se cocía el arroz de un *risotto* de champiñones que acabó pasado. La tatuada apoyó las manos en la encimera y echó atrás las piernas, Jaime le bajó los *shorts* y se la metió sin muchos miramientos.

—A los dos minutos me di cuenta de que no estaba en el orificio habitual.

Bastan un par de frases en Pof para comprobar que María no es de las que se extienden mucho tecleando. La visito esa misma mañana en su casa, que comparte con una mujer paraguaya de cuarenta y tantos años en Usera. La fachada está desconchada, de las ventanas de la cocina cuelgan tendederos y, sobre el portal, una hilera de balcones que no parecen resistir más peso que el de un ascensor de cuatro personas. Me recibe con un piquito, como si fuera mi novia de toda la vida, en sujetador y con unos pantaloncitos cortos. Tiene el ombligo hundido en forma de sonrisa invertida. Debe de tener un casero generoso, porque tiene tarima flotante y una ducha con hidromasaje. Entro al baño para mear y aprovecho para darme un agua rápida en el lavabo. Nos sentamos al borde de la cama, me observa con ternura, como una hermana mayor con afán protector. El hecho de no conocerla absolutamente de nada y en medio minuto tener su carne blanca y mullida a mi disposición me excita. Sin casi intercambiar palabra, me da un beso salivoso para romper el hielo. Me quito la ropa mientras ella me desviste de cintura para abajo. Me acomodo en la cama con las piernas abiertas, extendidas y cierro los ojos. La aparto en dos ocasiones porque me sobreviene una urgencia prematura. Después se sienta encima de mí. En los wasaps que nos hemos intercambiado mientras iba conduciendo, me ha informado de que es alérgica al látex.

—Esa suele ser una excusa masculina.

—En mi caso no es ni excusa.

La excitación de la novedad se me pasa pronto, noto que mi polla se reblandece dentro de ese charco de fluidos. Decido no abortar la urgencia.

—¿Y a qué te dedicas, por qué no curras por las mañanas?

—Tanatoestética, turno de tarde.

—¿Tanatoqué?

—Tanatoestética.

—¿Maquillas muertos?

—Tal cual.

—Ahí lo bueno es que nunca faltan clientes.

Tardo poco en volver a la calle de un solo sentido donde he aparcado. Recuerdo que hay un locutorio, un restaurante chino y un ultramarinos, también chino, contiguos en la misma acera donde tengo el coche. Los barrios obreros siempre me han parecido acogedores, quizá porque mis abuelos vivieron en Vallecas toda la vida, pero este me provoca cierta melancolía. O igual me la produce el polvo aséptico que acabo de echar. Del restaurante sale un olor a salsa agridulce que me despierta el hambre. Conduzco en dirección a la cocina de mi padre.

Jaime se ve con una azafata que le lleva al cine Doré a ver películas clásicas que no conoce. Dejó pronto los estudios y nunca tuvo inquietudes culturales, ni en cine, ni en música ni en literatura. Me pregunto cómo puede ser tan inteligente sin haber tenido más estimulación que la de los foros de ateos de Internet y de las recetas que aprendió en la escuela de hostelería. En el texto del perfil escribe: «Soy el hombre de hojalata, mi corazón es una patata».

A la vez, comienza a hablar con una pelirroja que le pilla todos los chistes, cosa que le sorprende mucho.

—Es un lolazo de chica —dice.

Conocí a Nina Be en un bar de Huertas. Estaba de espaldas y, en un primer instante, solo pude ver las dos cervezas que sostenía con los brazos abiertos. Parecía una *madelwoman* que sujeta dos bombas a punto de estallar. Le toqué la espalda y se giró.

—¿Siempre bebes a dos manos?

La otra cerveza pertenecía a una amiga que había ido a evacuar las dos que ya se habían bebido antes. Nina sonreía con los ojos, sin necesidad de mover un músculo. Desde esa frase, no nos despegamos.

—Te hice caso porque en Huertas no había más que oligofrénicos y me hizo gracia tu frase.

—Luego nos tiramos cuatro años largos juntos.

—Fueron casi seis, y solo porque me acostumbré a ti.

La cama de Jaime es un colchón delgado sobre un somier de ochenta al que le faltan un par de tablas. Se empieza a oír un pequeño chirrido, el gemido ahogado de una chica que sabe que el señor Lobo, su novia y yo estamos en casa y, después, el golpe del bastidor contra la pared. Mido los golpes como si fueran las negras de una canción. Calculo unos sesenta bpms, pero el ritmo aumenta hasta casi doblarlo, como si hubiera pasado el polvo a corcheas. Al cuarto de hora comienza a sonar un disco de Muse, amortiguado por la puerta, pero los embistes se siguen apreciando como el bombo de la batería. Jaime acopla sus golpes a los pulsos del tempo de *Uprising,* que los platos del Honky me marcan a ciento treinta por minuto. Después suena *Resistance,* que dura casi seis minutos A la cuarta canción Lobo sale de su cuarto y se asoma al mío.

—¿Y este cabrón? Tengo a Mónica en el cuarto y me está poniendo cara de tú-no-duras-ni-la-mitad.

En las canciones rápidas, los gemidos de la chica se superponen como una segunda voz. El señor Lobo vuelve a salir de la habitación, esta vez con la novia, y oigo la puerta de la calle. Futre rasca la de Jaime y pega saltitos para tirar hacia abajo de la manilla, pero no lo consigue. Se frustra, se rinde y se me acopla en la cama mientras chateo con una nueva adquisición.

* * *

(Actualidad)

Envío por *mail* a Lola Rosetti las primeras páginas del texto. Contesta por Facebook, nuestro habitual canal de comunicación.

Lola Por cierto, no me molesta lo de los ojos de sapo, ni lo de las «lorcillas» como butifarras, ni siquiera la descripción de mi casa, que no está tan mal, a pesar de la mentira de las sábanas sucias y los cinco tíos. Siempre las lavo, y las que te pongo a ti son de algodón egipcio y tienen ese aspecto. Lo que realmente me ha tocado la moral es que pienses que tienes algún tipo de poder sobre mí.

Yo Es ficción, no un mero reflejo de la realidad. Otras cosas pertenecen a la subjetividad de mi percepción. Realmente pienso bastantes cosas buenas de ti.

LOLA Ja, ja, como un crío manipulando a sus padres.

YO Si a mí lo que me interesa es conocer tu opinión sobre el libro, pero entiendo que personalices y te cabrees. Aunque yo no me piqué con tu primera semblanza.

LOLA ¡Cómo que no! ¡Si estás escribiendo un libro solo para vengarte!

Volviendo a la escena en que ella me miraba atenta en su habitación, podría haber escrito que se debía a su curiosidad por la vida y por los personajes peculiares, una postura de humildad, el silencio, la escucha. Es posible que el hecho de haber apalabrado un sexo exclusivamente felatorio entre los dos me hubiera hecho tener esa sensación de supremacía viril. Lola es escultora. El día que relato al comienzo de la novela, había terminado de dar forma a la última de una trilogía de figuras que bautizó «El abrazo». Estaban sobre el escritorio, junto al Mac, puestas en fila. Unidas por un alambre, constituían el proceso de un abrazo, tres efigies únicamente diferenciadas en la posición de las extremidades superiores. En la última, los brazos aparecían completamente extendidos; en las dos primeras, se representaba el ademán. El ademán del afecto.

* * *

Jaime no se alimenta, abre a veces una bolsa de ganchitos o cereales y algunos granos de muesli quedan tirados por el suelo. Un día le voy a pillar con la comida del gato. En casa del herrero.

Hoy no ha comido, a las cuatro de la tarde ha sacado del congelador una botellita de Jack Daniel's que robó en no sé qué evento, se la bebe mientras juega al Battle pollas y dice «dispara, Seta», «Seta, te vienen por detrás». Se ha gastado ochocientos cincuenta euros en la Xbox One y ahora dice también, de vez en cuando, «Xbox, grabar», con tono de *loquendo,* que debe de ser el único que la consola comprende.

Salgo en bici, en invierno me da más pereza, pero he empezado a levantarme a las doce e intento hacer deporte a mediodía.

Cuando vuelvo, Jaime tiene tres botellitas vacías sobre la mesa. «Tengo que coger calorías —dice—, hoy he quedado con la audióloga, no sé si se me va a levantar». «Pues como no se te levante, la vas a oír».

Regreso al barrio de la Luna. La casa es la construcción estándar del siglo XXI, acogedora, con materiales baratos, pero amplia y luminosa. Tiene tres habitaciones y dos baños, como si estuviera planificando formar una familia, pero ahí solo vive ella con sus dos gatitos. Cocina independiente, armarios empotrados, ducha italiana. En el salón hay un lienzo en el que ha empezado a combinar gamas de color azul.

—Es mi mujer cometa.

—Tendrá viento de cola.

—Sí, esa será su peculiaridad, no sé por qué, pero ya le darás tú una lectura a eso —me dice—. Voy a terminar de hacer la maleta.

Ha pintado ella misma las dos paredes grandes del salón rectangular, una de rosa y otra de verde.

Miro por la ventana. Es un octavo y la piscina de la manzana se ve como un gran charco de lluvia sucia. Estrella ha puesto una lista de Spotify y yo me siento un impostor.

Suena una canción: «Me gusta ir siempre en contra de viento, si dicen blanco, yo les digo negro. A mí me gusta andar de pelo suelto, aunque me vean siempre con enredos».

Estrella aparece por la puerta del salón semidesnuda y baila la canción como un monito, encorvada, adelantando un brazo y después el otro al ritmo de la canción: «A mí me gusta andar de pelo suelto, aunque me digan que hasta barro el suelo. Ser agresiva como gata en celo o a veces mansa como león con sueño».

Saca las garras y ensaya un zarpazo con el brazo derecho, después se avienta el pelo con el dorso de las manos y simula un infarto poniéndose las dos en el corazón. Cuando acaba la canción me da un pico largo.

—Mis hermanas me la cantaban cuando mi madre me recogía el pelo de pequeña.

—Bailas muy bien —le respondo sin mover un músculo. Ella ríe.

—¿Preparo unos sándwiches?

—Prefiero bajar a tomar algo en algún bar, así me da un poco el aire.

Con Nina Be siempre cenaba fuera, nos dejábamos medio sueldo entre los desayunos en el HyD y las cenas en creperías e italianos.

Nos metemos en uno de los dos bares donde estuvimos la noche que pasé en vela entre el parque de su urbanización y mi coche, porque ella no quería que dejara un rastro de nostalgia en su piso. Me da por ser sincero.

—En principio, una chica como tú y un chico como yo no pegamos ni con la cola del cometa femenino de tu cuadro.

—¿Por qué dices eso? —inquiere casi sin dejarme terminar la frase.

—Porque tú eres positiva y yo negativo, tú hiperactiva y yo hipotiroideo. Si no tomara el Eutirox viviría como un lagarto del desierto. —A Estrella se le apaga la mirada de repente, pero prosigo—. Y no nos interesan los mismos temas.

—Qué temas.

—No sé, hace años ligué con una chica que vivía en la misma urbanización que Adolfo Suárez, El Plantío. Se lo comenté y ni siquiera lo conocía.

—¿Qué me estás queriendo decir con eso? —me pregunta ofendida.

—El caso es que se lo conté a un amigo que estudiaba Políticas conmigo y me dijo que él solo se tiraría a esa chica una vez, por muy buena que estuviera y que ese debería ser el filtro para empezar a ligar. Le respondí que Adolfo Suárez era demasiado relevante para ponerlo de listón, que mejor a Tierno Galván.

—Esa chica era muy ignorante, pero tu amigo y tú sois dos gilipollas. Yo he leído un libro sobre Gauguin, ¿tú me podrías escribir medio folio sobre él?

—Pintor, siglo XIX, francés, viajó a los mares del sur, amigo de Van Gogh, impresionista…

—Postimpresionista —me interrumpe—. Yo te puedo decir que Tierno Galván fue profesor de universidad, filósofo y alcalde de Madrid.

—Y cuál fue su frase más famosa.

—Sé la de Descartes, solo sé que no sé nada.

—Esa es de Sócrates.

Estrella empieza a enfurecerse. Le da un bocado a la hamburguesa y me mira con expresión de odio.

El bar está lleno de matrimonios de mi edad con niños pequeños que entran y salen sin parar. «Niño, cierra la puerta, que se escapa el gato», le dice el camarero a un chavalín que lleva una pelota roja en la mano. El crío busca un gato en vano y Estrella no es tan boba como yo había pensado. Le miro el escote, la piel tersa, abombada en esa parte de la anatomía y siento que se me pasa un poco la ansiedad de hace media hora.

Me meto en la ducha y al rato aparece ella, desnuda, sonriendo y sin el temblor de la primera vez, que se quedó en mi bañera.

—Hola, ¿vienes mucho por aquí? —Y su coña me hace reír.

Se siente un extrañamiento al follar con una mujer después de haberlo hecho durante años con otra, con la misma, como cuando conduces un coche que no es tuyo y la resistencia del embrague o de la dirección es mayor o menor. Es un extrañamiento ante el cuerpo ajeno, no ajeno al propio, ajeno al de la ex, al que una vez fue propio. El cuerpo de Estrella es muy delgado, noto ciertos huesos que no notaba con Nina Be y eso no me agrada, pero las partes acolchadas están en su sitio y toca con la naturalidad que lo hace una chica con la que llevas tiempo acostándote.

—No me la saques de la boca.

—¿Qué?

Estrella se la saca de la boca y repite, «que no me la saques de la boca, no me la saques nunca de la boca». En ese momento uno de sus gatos se sube de un salto a la cama y me mira con sus ojos fijos e inexpresivos.

Se duerme desnuda, con ese mismo gato encogido entre los pies. La persiana está levantada y se cuela el claro de luna. Un reflejo destella en su nalga izquierda. Cierro los ojos, me reclino sobre ella, la abrazo y pienso en Nina.

Futre ha aprendido a salir a la calle. Desde la ventana del baño, pasa al balcón de Jaime y, desde ahí, baja a la caja del gas para, en un último salto, aterrizar entre los setos que separan la acera de la fachada. Está ampliando su territorio, su espacio vital y, seguramente, su mundo interior. Entro en la habitación de Lobo, que toca el bajo y discute por WhatsApp con su novia al mismo tiempo. Deja las dos cosas para ver cómo regresa nuestro gato, que salta hasta la barandilla, usando la caja del gas como trampolín, se lanza a las baldosas sucias del balcón con las patas delanteras extendidas y entra en casa con indiferencia. Se está volviendo bastante independiente. Los dos estamos muy orgullosos de él.

* * *

(Actualidad)

Hay una frase recurrente en las bíos de Tinder. Está sacada de *Martín Hache,* la suelta el personaje que interpreta Eusebio Poncela: «A mí no me atrae un buen culo, un par de tetas o una polla así de gorda. Bueno, no es que no me atraigan, claro que me atraen, me encantan, pero no me seducen, me seducen las mentes, me seduce la inteligencia, me seduce una cara y un cuerpo cuando veo que hay una mente que los mueve que vale la pena conocer; conocer, poseer, dominar, admirar. La mente, Hache, yo hago el amor con las mentes, hay que follarse a las mentes».

Como la frase es larga, aparece acortada en distintas versiones. Todas las tías eliminan la expresión «polla así de gorda». Un ejemplo de síntesis sería este: «A mí me seducen las mentes, me seduce una cara y un cuerpo cuando hay una mente que los mueve. Yo hago el amor con las mentes». Es la manifestación de un nuevo concepto, acuñado en redes sociales: «sapiosexualidad». Pregunto a Eglys si en Estados Unidos se usa el término y me dice que a ella no le suena y que en el diccionario americano no figura. «¿Cómo el americano?, ¿hay uno *British* y otro americano?». Busco el diccionario de Cambridge y este sí recoge la palabra: *«A person who is sexually attracted to intelligent people».*

Las *apps* están plagadas de sapiosexualidad. Se les achaca una superficialidad extrema, de mercado de la carne, cuando el único instrumento de comunicación es el lenguaje escrito, la palabra.

* * *

Honky, viernes 21 de marzo, cuento a ojo ciento cincuenta personas aproximadamente, tres cuartos del aforo de la planta de abajo. Bailan tres chicas a unos siete metros de la cabina. Una de ellas canta todas las letras, cierra los ojos, inclina la cabeza y un mechón oscuro le tapa la mitad del rostro. Leo cómo pronuncia cada palabra, *«can you read my mind?»*. Es alta, más que alta es grande, tiene un moreno racial y un ademán entre sociable y retador, como si acariciara con el revés de una cuchilla a la gente que la rodea. Mi trabajo consiste en poner una canción detrás de otra mientras observo bailar a una chica detrás de otra, *«put your back on me, put your back on meee»*. Muchas veces me detengo en una en concreto, observo cómo responde su cuerpo con cada tema que suena, la adecuación del golpe de la cadera con el del compás, los gestos que representan las imágenes de las canciones, *«on one-two-three-four-five…»*, y la chica racial hace aparecer uno a uno los cinco dedos de su mano hasta que saca el pulgar y grita *«fingers!»*.

El encargado me extiende tres invitaciones nada más entrar. Son unos *flyers* en papel cuché en los que aparece la imagen de Ray Charles sobre fondo rojo. Los suelo acumular y, cuando la sala está muy llena y no me da tiempo a llegar a la barra ni poniendo el *Common People* de Pulp (5:52), le regalo uno a alguna chica para que me acerque una copa. Hoy decido ir hacia la chica racial, pero ella se me adelanta. La cabina está abierta por el extremo que da a la puerta de un cuartito donde se guardan amplis y una cómoda pequeña con pertrecho de sonido en su interior. En la superficie se mezclan partículas de polvo con restos de cocaína cortada que nunca pago yo. La chica se apoya en la puerta, dobla una pierna y coloca la suela de la bota sobre ella. Me mira con el aire de superioridad que provoca el alcohol en las personas que ya traen la vocación de reafirmarse de casa. Cuando me canso de tener una sombra observándome, le pregunto si quiere algo.

—Me aburro.

Al rato, Eglys está delante de mí, frente a los platos, con los cascos puestos y bailando como si eso fuera el Space de Ibiza. Se lo comento y responde que ella es más del Studio 54, una nostálgica de lo que no ha podido vivir. A la gente le suele gustar escuchar la siguiente canción en los auriculares, lo toman como un privilegio, el de conocer lo que va a sonar un minuto antes de que lo haga el resto de la sala. Lleva un vestido negro de fibra, ceñido y con alguna transparencia estratégica. Nada demasiado evidente.

—Toma.

—Eso qué es.

—Una copa.

—Pues tráemela, ¿no?

—O sea, te invito y te la sirvo.

Me voy con el temor de que se vuelva loca, empiece a tocar clavijas y botones y quede la sala en un silencio de funeral. En cualquier otro lugar, cien decibelios son insoportables para el oído, pero en este lo sería la falta de ruido. Vuelvo con la copa y la compartimos.

—De dónde eres.

—Venezuela —me grita—. Pero llevo desde los nueve años en Orlando. —Abre los ojos cuando habla y mueve mucho las manos.

—¿Por eso eres tan pija? Antichavista y yanqui.

Hace un mohín de ofensa y después ríe estentóreamente.

—Sólo soy una india refugiada. —Me quita la copa y bebe—. ¿Con qué vas a cerrar?

—Con *Sympathy For The Devil.*

Lo pronuncio así, dévil, marcando la «e» y la «i». No lo entiende, ¿cuál?, simpatía por el diablo, le traduzco. Se vuelve a reír, pero esta vez de mí.

—Lo primero, *sympathy* significa compasión y, segundo, se pronuncia dávol. —Se calla y me mira con cierta incredulidad.

—Se podría decir que mi inglés es digno de *sympathy* entonces.

Al llegar al portal de su casa se sienta en el escalón.

—¿No vas a abrir?

—No vas a entrar.

—¿Porque tienes miedo de que no vuelva a querer entrar más y la casa te recuerde a mí desde ese momento?

—¿Quéééé?

—¿Entonces me voy?

—Tampoco. Vamos a hacer *portalling.*

—Portaqué.

—El inglés no es lo tuyo.

Eglys tiene la frente ancha y los ojos algo más separados de lo habitual. Los dos rasgos los tomo como signos de inteligencia. Es muy expresiva, al principio me parecía afectación de pija borracha, pero después, con la conversación, me empieza a caer mejor. Es como si el alcohol, en sus últimos coletazos, la meciera de un estado de exaltación a otro de ternura melancólica. Tiene bastante sentido del humor y no es tan extravagante como daba a entender en el local.

—Los libra tenemos mucha facilidad para los idiomas, yo aprendí inglés el primer mes que llegué a USA y tengo buen nivel también de francés y portugués.

—Yo también soy libra.

—¿Sí? Pues entonces no tienes siquiera las virtudes de tu horóscopo. Qué desastre. ¿Qué día naciste?

—El 21.

Se levanta del escalón y me abraza como si el 21 fuera el número de un billete de lotería que hubiera comprado.

—¡Nunca antes había conocido a nadie que hubiese nacido el mismo día que yo! Por eso y solo por eso, bueno, y porque me estoy meando, te voy a dejar entrar en mi baticueva.

Vive en un semisótano con patio, las paredes son de ladrillo visto, tiene un altillo con un colchón para invitados al que se sube por una escalera flotante de madera y una cocina americana con electrodomésticos de las primeras marcas. Hay tres lienzos en el tabique que separa la habitación del salón, uno con un dibujo de París, otro de Londres y otro de Nueva York.

—Ten cuidado al sentarte en el sofá, si lo haces de golpe se cae Londres.

Me siento despacio por miedo a derrumbar el Big Ben y ella se sienta al lado, con el portátil entre las piernas. Pone a Van Morrison y se empieza a defender de mis acusaciones de pijismo.

—Mi abuelo era gallego y republicano. Cuando acabó la guerra se hizo maquis y anduvo dos años por el monte. Luego le pegaron tres tiros y mi padre acabó en Caracas.

A Eglys se le cierran los ojos esos negros que tiene, pero no me pide que me vaya. Me acerco con la misma lentitud con la que me había sentado veinte minutos antes en su sofá. Se vuelve a quedar inmóvil. Tiene la boca grande, pero una lengua poco invasiva. Le acaricio la cara mientras la beso. Eglys se duerme en mi regazo cuando le empiezo a hablar del premio de microrrelatos que gané siete años atrás.

El polvo de Muse fue con la pelirroja.

—La ginger —me dice—, que es más corto, para que nos entendamos. Es neuróloga la hija de puta.

—Te estás follando un coquito entonces, pero por lo lista, no por lo fea.

—De ahí que me pillara los chistes. Me lo dijo entre el segundo y el tercer polvo. De hecho, creo que llegué al tercero por eso, me puso pensar que una tía que se ha sacado esa carrera estaba perdiendo los papeles en mi habitación cochambrosa.

—Yo ya no llego al tercero ni con una astronauta —le respondo.

—Pues luego había quedado con la tatuada, tuve que ponerle una excusa.

—Que tenías la regla…

—Ojalá tuviéramos ese recurso nosotros. Le conté que me había dado un cólico nefrítico.

Pincho desde 2009, y ya salía con Nina Be. Si excluyo su casa, nunca había entrado a otra después de salir del Honky, hasta que lo hice en la baticueva. Tampoco he tenido que rechazar demasiadas propuestas, para qué mentir. Mido uno setenta y cinco, según Nina Be mi tronco es largo en comparación con las piernas, con lo cual parezco aún más bajo. Tengo ojeras que se pueden embolsar más o menos según el día. No me puedo rapar porque gasto un buen melón. En la ducha cuento los pelos que se me quedan pegados a las manos, ahogados entre la espuma del champú. Intento controlar mi peso. No me gusta mi nariz, el tabique no llega a dibujar una recta perfecta, no es simétrica y debería tener la punta más levantada. Mi gesto es serio, seco cuando no sonrío, y sonrío poco por falta de vocación. He oído veinte mil veces la frase: «Yo, hasta que te empecé a conocer más, pensaba que te caía mal». Algunos me siguen cayendo mal, pero lo intento disimular por comodidad o pura hipocresía. Otras veces adoro a gente que me tiene por displicente. En el Honky empiezo a sonreír a la copa y media o cuando tengo dos o tres amigos cerca. El anterior diyei era un relaciones públicas trajeado a lo *mod* que saludaba uno a uno a los trecientos clientes desde que entraba por la puerta hasta que se metía en la cabina.

El primer domingo de abril, a las seis de la mañana, me planto en el portal de Eglys, que me dio toda la pinta de ir bajando las rejas de los bares. Me dijo que el Honky, el RRR Club y el Toni2 son sus favoritos y todos cierran a la misma hora. Me fumo un cigarro sentado en el escalón de la entrada. Se me queda el culo frío, me levanto y me apoyo en un coche, al rato me asomo a Mejía Lequerica por si sube desde el «R» o el Toni, veo a una chica mear entre dos coches, me acerco al telefonillo, pero no recuerdo la letra de su piso, ni si era el sótano o la entreplanta. Si tenía terraza, sería la entreplanta, así que llamo al tres, porque según se bajaba la escalera era la tercera puerta. Nadie contesta.

Intento recordar los apellidos de Eglys. Méndez… no, Mínguez, creo que es Mínguez. Tecleo en la búsqueda de Facebook y se recorta en la foto de perfil una silueta a contraluz sobre la orilla de una playa. Escribo.

Yo Pues el sábado estuve haciendo portalling en el 94 de la calle Fuencarral conmigo mismo. Tenía la esperanza de que aparecieras, pero solo entró una vieja que volvía de sacar al perro.

EGLYS Eres tú!! Jajaja pues estuve adentro, de retiro espiritual todo el finde, viendo películas. De portalling interior.

YO Me la jugué y toqué tres y campanilla. No respondió nadie y no quise arriesgar más.

EGLYS Jajaja era el cinco, señor psicópata.

YO Y fui al R a ver si habías estado ahí, le pregunté a mi colega el portero neonazi y todo.

EGLYS Me van a conocer en todos lados. Dónde pinchas el próximo finde?

YO Viernes Honky, sábado R.

EGLYS Siempre hay un 50% de posibilidades de verte, cuando no estoy en uno, estoy en el otro.

Cada vez que Nina Be entraba en casa se le dibujaba una mueca de desagrado. No le gustaba el suelo de cerámica, las baldosas pequeñas y rojizas, algunas rajadas, todas con las juntas ennegrecidas donde se acumula todo tipo de mierda. No le gustaba el olor a ácido úrico que el celo precoz de Futre impregnó en el sofá. No le gustaba el sofá, deshilachado y azul. No le gustaban las paredes de gotelé, amarilleadas por el tabaco, no le gustaba el trillado póster de *El Padrino,* la mesa baja de madera pobre, el cuadro de un papa con cabeza de dinosaurio, las puertas huecas con la marca negra de las yemas de nuestros dedos, el mueble castellano de la entrada.

—Es amplia —le dije.

—Eso sí.

—Y entra mucha luz por la terraza.

—No tenéis ni puta idea de decoración. No podéis poner el cuadro del papa, las telas de Banksy, la foto de Marx, que parece el abuelo de uno de los tres, y el póster de *El Padrino* que tiene todo el mundo.

—En la terraza tengo el grande de *La naranja mecánica.*

—Sí, un desastre.

El baño es, como el resto de la casa, grande. Está alicatado a media altura por unos sencillos azulejos blancos y, a partir de ahí, pintado con gotelé. El asiento del váter es plástico pegado a la loza y se mueve. De vez en cuando una parte de la nalga entra en contacto con el frío de la taza. A su derecha, en la pared, hemos colgado una foto de Cristina Pedroche recortada de una revista y la vamos rodeando de tarjetas de anuncios de prostitutas que recogemos del parabrisas de los coches: «Samantha, rubia española, francés 30, completo 50». A los pies de Cristina, aprovechando la chincheta que nos sirve para fijar en la pared la parte inferior de su foto, hemos colgado otra más pequeña de Julio Iglesias, vestido de traje, sonriente y señalando con un dedo la leyenda «FOLLAS POCO Y LO SABES».

—Eso es en honor al señor Lobo —le comenté.

—Dais mucho asco y lo sabéis.

Al lado de la puerta hay un póster de uno de los primeros discos de Shakira. Me fijo en la foto de la Pedroche y veo que hay una salpicadura sospechosa.

—Este baño parece el set de *Torrente 4*.

Existe una repartición tácita del salón que se corresponde con las necesidades de cada uno, y que la costumbre ha elevado a ley. El sofá azul deshilachado es mío, sobre todo el extremo que da a la pared de mi habitación. Mi portátil está fijado en la mesa de cristal del centro, una mesa pesada que nos encontramos ya al llegar y que no quisimos sustituir por una más moderna. A la izquierda, apoyada contra la pared, está la mesa alta reciclada por Jaime, en la que se amontona un desorden de libros por leer o consultar y, a su lado, la estantería del Ikea, con sus seis baldas, cuatro con mis libros, casi todo narrativa y algún manual de politología, una con los divulgativos de Jaime y otra con los de fantasía del señor Lobo. En esta última tenemos también el libro de familia de Futre, en el que figura Lobo como primer tutor y yo como segundo. En los otros asientos del sofá casi nunca hay nadie, porque el señor Lobo come, trabaja o habla con nosotros desde la mesa del comedor y Jaime juega a la consola desde una especie de mecedora de tela blanca que acerca a la tele para ver mejor.

—El gato se ha vuelto a mear, Lobo, no me jodas —dice Jaime, que enciende la Xbox y se pone los cascos para hablar con sus amigos imaginarios.

»No son imaginarios, los conocí en la boda de uno de ellos.

—¿Tenían una mesa para desconocidos?

—Que no somos desconocidos, coño, llevamos diez años jugando a esto, y comentamos por WhatsApp todos los partidos del Madrid.

Lobo y yo no soportamos su madridismo rancio, tanto que hemos pensado en acudir a terapia de grupo.

—En serio, Lobo, lleva al puto gato a que le corten los huevos o se los corto yo con el cuchillo jamonero.

Futre parecía una bola de billar peluda cuando llegó a casa, la número ocho concretamente. Jaime dejó claro que él se abstenía de cualquier tipo de responsabilidad, así que el señor Lobo me designó segundo padre y decidimos ponerle el nombre de nuestro ídolo compartido. Era un cargo con obligaciones porque de madrugada le tenía que dar yo la toma. Consulté al tío Google, que lo sabe todo, y me dijo que, si me equivocaba en unos miligramos, el gato podría morir. Las primeras noches se movía tanto en su afán de agarrar la tetina del biberón que la mitad de la leche caía al suelo y nunca sabía cuánta había tragado, así que abría la puerta de Lobo, estuviera o no con su novia, que a la que podía se plantaba en Madrid, y le despertaba para que se hiciera cargo él.

—En serio, Antonio, ten un poco de mano, no nos puedes despertar a las cuatro de la mañana —me decía Mónica.

Han pasado nueve meses, sigue igual de negro, pero ya no es una bolita, luce un pelo largo y suave que no pierde en grandes cantidades. No tiene una zona asignada, se mueve por todas las habitaciones, se posa encima de todos los muebles, sale a la terraza, salta a la calle y, ahora, se restriega los huevos contra el sofá.

—Como no lo capes, este se nos va un día y no vuelve.

—Que sí, que mañana lo llevo, hostia —dice a la vez que cierra el ordenador—. Vosotros no vais a poner un duro, ¿no?

—Nosotros bastante tenemos con nuestro celo —le respondo.

—Yo he dejado Badoo ya —dice Jaime—. Mátalo, Seta, al que me viene por la izquierda, ¡mátalo!

No necesita más cromos, de hecho se han hecho tan estables que tiene que poner excusas todos los días a alguna de ellas, o a varias. Ha comprado un rulo adhesivo para limpiar los pelos rojos que deja la ginger y los castaños de la azafata, que son las que más vienen por casa. El resto de noches las pasa con la tatuada, que ha resultado ser tatuadora también y le quiere dibujar el símbolo de la NASA en el brazo, y algunas con la audióloga.

—En el corazón te lo quiere tatuar —le dice el señor Lobo—. ¿Y te has encariñado de todas o qué?

—Sí, no sé, es que no sé cómo cortarlo, después de follar me abrazan y me empiezan a decir que están muy a gusto conmigo. A los tíos no nos han enseñado a dejar relaciones. ¡Dispara, Seta, ya tengo yo al otro!

La ginger se fijó el otro día en el rulo, que estaba en la mesilla de noche de Jaime. Este le dijo que lo había comprado para quitar los pelos que el gato deja en la mecedora.

—De todas formas, si me tatúo algo sería la receta de gachas de mi padre, que en paz descanse.

—O te sacas a alguna de encima o te van a pillar, que además no te las has cogido tontas —le advierto.

—La audióloga me ha bloqueado de WhatsApp, de Facebook, de Twitter y de Instagram.

—Parece que tiene las cosas claras.

—Pero bloqueado, que no me salen ni sus perfiles, no ya solo deshecho amistad.

—No te lo tomes por lo personal.

—Si no es eso, si en verdad me ha hecho un favor, pero me gustaría saber por qué.

—¿Por?

—No sé, curiosidad, cuál habrá sido el motivo concreto.

—Igual hay más de uno, una mezcla de pequeños motivos que forman uno gordo.

—Pues que me lo diga.

—¿Tú sabes lo cómodo que es bloquear y desaparecer? Yo creo que cuando te la follaste a las siete de la tarde borracho de botellitas de bourbon, pensó que tenías un problema con el alcohol. Eso, o tus excusas de cólicos nefríticos le han dado bastante asco.

—Si solo quiero saber el porqué.

—Hay que saber encajar el rechazo, tío.

—Te vamos a nombrar la *rookie* del año —le dice a Estrella. Yo ya sabía que iba a subir bien, con esos huevos vallecanos que tiene.

—¿No has ido al roco de Rivas? En dos semanas te haces una escaladora top.

Jaime monopoliza la atención de mi *crush* con su actitud de monitor de escalada. Ha elegido la vía más sencilla, recta, con presas grandes y poca distancia entre unas y otras. A Estrella le están sentando bien los halagos. La ha asegurado él mismo, «no te fíes de este, cualquier día me estampa contra el suelo y como no me podré defender me echará la culpa a mí». «Tú dame ideas», le respondo. Estrella ríe. Hacía tiempo que no hacía nada nuevo, un año desde su último viaje, tres meses desde su última fiesta, cuatro días desde su último polvo. El mío fue ayer.

—Ahora me toca a mí —dice Jaime, que lleva puesta una camiseta de Sergio Ramos—. ¿Quieres asegurarme tú? —le pregunta a Estrella—. Así aprendes.

Se coloca detrás de ella, le sujeta una mano, la izquierda, con la que tiene que sostener el gri-gri, luego la derecha, por donde tiene que entrar la cuerda, siempre en la posición correcta, así, cierra, y ahora el nudo, el ocho…

Coincido con el señor Lobo todas las mañanas a las siete en punto. Él se levanta con las greñas removidas por la almohada y los ojos a medio abrir, pasa por el salón, me saluda con desgana, entra en la cocina y se pone un vaso de leche fría en el que moja dos bollos del Dia un minuto después. Es la señal para irme a dormir. Traslado el Mac de veintiuna pulgadas a la mesilla de noche, y gugleo la página de Xhamster, que es la que menos *spam* abre. El señor Lobo tarda en ducharse, así que cuando oigo la puerta de la calle ya puedo entrar al baño y apagar el ordenador a la vuelta. Todavía no he abandonado el hábito adolescente, la masturbación como técnica narcótica.

La masturbación narcótica, entre los diecisiete y los veintiún años, se convirtió en la paja literaria. Me la meneaba a toda prisa para eyacular lo más rápido posible y así poder leer. Se trataba de un noble fin, pero a la larga me provocó eyaculación precoz. Cuando me di cuenta, una caricia por encima del pantalón podía acarrearme una fuga inesperada, inesperada sobre todo para la chica. En esos años leí *Lolita,* las cartas eróticas de James Joyce a Nora Barnacle, alguna novela de Henry Miller y *El mal de Portnoy,* mi novela cipotuda favorita, así que a veces terminaba tirando también de la narcótica y cerraba el libro con los deberes hechos. Pero el objetivo era leer. Después salieron los coleccionables de *El Mundo* y *El País* y la tarjeta pirata del Plus. Enchufaba el canal x del Digital y después cogía los clásicos del siglo XX con la relajación necesaria para concentrarme en ellos. Normalmente, no tardaba más de un minuto en sacar un par de clínex y tirarlos a una papelera que mi madre vaciaba cada dos días para que no oliera toda la habitación a ácido oxidado. Cuando me di cuenta de que me había creado una disfunción, comencé a dedicarle más tiempo a la práctica, porque lo que no podía ser es que la literatura me jodiera la vida sexual a los veinte años.

La gente me pregunta qué hago toda la noche despierto y me pasa como a Manolo Tena, que no sé qué contestar. De hecho, creo que unas veces digo que veo series, otras que medito y juego con el gato, que es un noctámbulo solidario, y otras que leo y escribo. Esta última versión no es del todo incierta, en Pof leo perfiles que a veces son auténticos testamentos y mensajes en ocasiones interesantes, aforísticos o literarios, de las chicas que tienen a bien responderme. Y escribo, porque yo siempre respondo, ya sea con el fin de ligar o de curiosear sobre su vida, sobre todo la sexual. Una noche conté el número total de palabras que escribí y salieron dos mil treinta y cinco. Cinco días a la semana por dos mil palabras son diez mil palabras, cuarenta mil en un mes, una novela en un mes y medio.

(Pof. Jueves, 3:00 a. m.)

Yo Sexo?

Pofera Barrio de Salamanca. ¿Cuánto tardas?

Nada más abrirme el portalón de madera, la mujer me agarra con tanta fuerza que me tengo que inclinar sobre ella. Le huele la boca a alcohol y a tabaco. Atravesamos el patio. Antes de pasar a otro, el interior, gira hacia unas escaleras. Se detiene en el tercer rellano. Me mete en su casa, se sienta en la encimera de la cocina, me sonríe nerviosa, me lo dice, que lo está, y me pregunta si se puede echar un cigarrillo antes.

—¿Haces esto mucho? —me dice—, porque yo no.

La sigo por el pasillo hasta el dormitorio. Me da tiempo a fijarme en un buró restaurado y en un nórdico remetido en una funda blanca con flores amarillas. La habitación es grande y acogedora. Se sienta en la cama y vuelve a tirar de mí para introducir en mi boca su lengua fermentada. Intento no sentir asco. Nos quitamos cada uno nuestra ropa, la mujer sentada a un lado del colchón de uno con cincuenta y yo de pie, frente a ella. Extiende su mano hasta agarrármela y acerca los labios. Tardo en empalmarme. La tiro en la cama y me siento a horcajadas sobre su cara. La coronilla toca contra un cabecero acolchado. Su garganta aguanta bien los embistes. Se la saco y le doy la vuelta, colocando esta vez su cabeza al pie de la cama. Es cetrina, con caderas pronunciadas y unos pechos que están comenzando a derretirse. Se la meto. «Cuidado con venirte dentro», me dice. Me agrada su cuerpo y su forma de moverlo. En los empellones más violentos achina aún más los ojos rasgados y se le acentúan las patas de gallo. Me corro en su vientre, llenándole el surco del ombligo. Se limpia con las flores de las sábanas. Me levanto, me pongo los calzoncillos, cojo el pantalón y, cuando estoy atareado con la segunda pernera, oigo:

—¿A qué viene tanta hostilidad?

—¿Cómo?

—Irte tan aprisa.

—Tan aprisa como he venido. Lo considero un acto proporcional.

—Anda, ven a la cama. Me quedan dos horas para irme a Barajas y no me quiero dormir.

Me tumbo a su lado, se acurruca junto a mí y me empieza a contar.

Se llama Lili, su madre es ecuatoriana y su padre tejano. Me enseña una foto de él, blanco, gordo y con sombrero de fieltro, congelado en una carcajada. Hoy ha salido con unos amigos antes de hacer un viaje de negocios a Estados Unidos y ha vuelto muy cachonda, pero no lo suele hacer, me repite, «no lo suelo hacer». Me cuenta la historia de amor de sus padres. Antes de irme, me enseña la casa. Los techos son altos, las lámparas de araña, los muebles decimonónicos. Toda la casa apesta a burguesía canovista. Me encanta.

Esa noche libra. Me doy una ducha rápida para volver al barrio de la Luna. Me abre y me da un abrazo prolongado. Me recuerda al abrazo con el que nos despedimos en la estación de Príncipe Pío la primera vez que nos vimos y, aunque esta vez no me provoca una erección, coger de la cintura a Estrella, pasarle la mano por la espalda y pegar mi vientre al suyo supone el primer paso para desearla más. Esa noche la casa tiene menos luz, el rosa de la pared es más oscuro y hace un poco más de frío. Lo hacemos en el sofá, Estrella se activa como siempre, toma las riendas como de costumbre, pero está menos cariñosa. Termino a cuatro patas. Me reprocha que haya durado tan poco.

—Es porque quieres.

Uno de sus gatos me acompaña hasta la puerta, como si corrigiera la descortesía de su ama. Se sube a uno de los estantes del *hall* y tira un libro al suelo con una de las patas delanteras. Quizá no se trata de una despedida gentil. Recojo el libro, *Sin noticias de Gurb*, y me lo llevo a casa. Ni siquiera lo he llegado a ojear.

Al comienzo de la calle de la Palma, en un apartamento reformado, con un salón doble y mucha luz, vive la azafata con su compañera de pupitre de los Salesianos, que no le deja subir chicos a casa. Jaime no puede salir con ella ni por Madrid Río a la altura del Matadero, donde vive la neuróloga/ginger con una pareja gay, ni por el Retiro, porque la tatuadora heredó un apartamento en la calle Ibiza y sale muchas veces a correr o a patinar. Con ellas procura no pisar los bares de Tribunal ni el resto de zonas peligrosas. Ha empezado, además, a conocer a los compañeros de piso de la ginger y de la azafata y a algún amigo de la tatuadora.

El WhatsApp lo lleva mejor, no lo mira apenas y sus amigos de la consola le echan de menos durante los partidos importantes de Liga y Champions, donde acostumbran a comentar los goles y las polémicas.

—A la azafata no hay manera de meterle en la chola que no lo uso, y me manda mensajes cada cierto tiempo. El otro día la ginger se dio cuenta de que ponía el móvil bocabajo.

—Dile que se baje Line y anula las notificaciones.

—Eres como esos niños prodigio que acaban usando su inteligencia para atracar bancos— dice Lobo.

—Yo no te juzgo, Yeimi —le digo.

La ginger entra en casa sorprendida por la afluencia de público. Viste unos vaqueros negros y una camiseta sencilla de manga larga, probablemente comprada en alguna tienda de Inditex. Es tímida, mira detrás de unas gafas montadas al aire y habla bajito en un tono dulce.

—Qué de gente, a ti no te conocía, ¿no? —dice la ginger ampliando mucho la sonrisa.

—Yo de oídas —le responde Mónica. En televisión finge una cordialidad que le sale demasiado natural, y ese contraste parece fruto de una bipolaridad psicótica que a Jaime y a mí nos alarma. Lobo siempre repite lo del trauma del padre, yo creo que tiene un profundo complejo de inferioridad y Jaime opina que es mala, simplemente.

Los gritos son entrecortados, como si se tapara la boca para evitar el concierto, pero después no pudiera contener todo el furor que lleva dentro. A mitad del polvo, cuando Jaime se cansa de embestirla contra el cabecero y se toma un respiro, emite quejidos sostenidos y alguna palabra suelta que no podemos interpretar.

—Joder la mosquita muerta, se quita las gafas y se transforma —dice Mónica.

—Deja a la chica que se exprese, coño —le replica el señor Lobo, que le habla en un tono matrimonial.

—Si yo la dejo, la dejo…

En el último tramo, Jaime se viene arriba de nuevo y los chillidos acaban ahogados en su sofoco final. Al rato, sale a beber agua, ella se mete en el baño y se vuelven a encerrar en la habitación. Cuando creen que está el terreno despejado vuelven a salir, ya vestidos, pero en ese momento Mónica, que ha salido a comprar al chino, abre la puerta de la calle y se los encuentra de frente.

—He traído pizzas para cenar, ¿no os quedáis? —les pregunta.

—No, gracias, yo me tengo que ir, pero Jaime me acompaña al metro y ahora vuelve a comerse mis porciones —dice la ginger intentando ser simpática.

—Ah, ¿hoy duermes aquí? —suelta Mónica mirando a Jaime, que abre mucho los ojos y le hace un gesto con la mano, como si estuviera espantando una mosca.

Cuando besas a una chica que te gusta te quitas un peso de encima. Eglys, a pesar de su triple nacionalidad, es extranjera, salvo cuando pasea por su barrio. La calle Fuencarral le pertenece y la camina con desparpajo. Cambia de ritmo, se me cruza, se adelanta un par de metros, se da la vuelta, da saltitos, me coge de la mano, me informa de que el primero que le cogió de la mano fui yo y que ella me sigue el rollo porque le inspiro ternura, se ríe estentóreamente cuando termina la frase, se para frente al edificio más barroco de la calle, el Hospicio de San Fernando, que aloja el Museo de Historia de Madrid, y dice «¿entramos?». Preguntar algo con una sonrisa equivale a afirmarlo. Estamos frente a un plano de un Madrid decimonónico, uno al lado del otro, su hombro roza el mío, o el mío roza el suyo, que soy yo el que lo siente como si lo tuviera clavado en el estómago. Estoy muy cerca de Eglys y no tengo que pensar si es un buen momento para besarla por primera vez porque ya lo hice la primera noche.

—Un Madrid viejo.

—O joven, según se mire, ahí tenía bastantes menos años.

Eglys se sienta encima de mí, la erección es blanda, pero logra penetrarse con ella. Toco sus pechos, que son gelatinosos, extraños, como si pertenecieran a otro cuerpo más pequeño. Se inclina hacia mí y me besa, la polla se yergue un poco más, aunque no lo suficiente como para salvar el polvo. Sujeto con el pulgar y el índice de mi mano derecha el látex del condón y me corro.

—Sí, son operadas, con la natación me quedé plana, no es porque sea venezolana.

Eglys me muestra en su móvil un enlace de Google. Es una clasificación de un campeonato junior de natación de Florida en que quedó subcampeona.

—La que ganó fue a los juegos de Atenas.

Son las siete, el tabique que separa el salón de la habitación no llega al techo y se cuela un poco la luz que entra por el patio. Eglys se recuesta y yo con ella, haciendo la cucharita. Nos quedamos dormidos alrededor de tres cuartos de hora y me despierto medio empalmado. La rozo, le arrimo la cebolleta, le magreo las nalgas con mi polla amorcillada y noto, ahora sin presión, que la sangre bombea con más fluidez. Eglys gimotea y se mueve. Me vuelvo a recolocar, encajándome en su culo, le aparto las braguitas y busco el hueco mágico. Le introduzco el glande, se vuelve a revolver y grita, «¡¡*weird*, es *weird*!!».

—¿*Weird* qué?

—¡Lo que haces!

—Es normal, cucharita y adentro, ¿no?

—¡¡NO!! Anda, sal a pillar unos trozos de pizza al 24 horas.

Vuelvo con el encargo; arrastro los pies y el fracaso sexual. La mañana ha sido divertida, incluso romántica, llena de las risas de una relación incipiente; por la tarde dos extraños no se han acoplado practicando sexo. Abro el portal con las llaves que ella me ha dado para no levantarse a abrir y me acaricia el olor de la baticueva, como de sábanas revueltas; me siento extrañamente acogido por esa casa desordenada. Hay mil papeles encima de la mesa alta que divide la cocina americana de la sala, con accesorios de maquillaje, con tampones y demás artículos femeninos que no sé ubicar, dispuestos al arbitrio de la desidia. Creo que las casas desordenadas son más acogedoras, una casa pulcra, de diseño contrasta con la vida de mierda que llevamos, con nuestro desorden mental y emocional, y solo consigue acentuar esa contradicción y hacer aún más profundo el vacío que sentimos. Eglys está viendo a una especie de Wyoming norteamericano. Se lo digo, pero no sabe quién es Wyoming.

—Te deberían quitar la triple nacionalidad, España no te llama un carajo.

—Pues soy igual de española que tú, chavista.

Ha cogido la suficiente confianza como para insultarme sin que me tenga que sentir ofendido.

—¿Siempre es así de mediocre? —me pregunta mientras selecciona las porciones de pizza que le corresponden.

—¿El sexo?

Eglys asiente porque tiene la boca llena.

Estoy sentado debajo del cuadro del Big Ben, con cuidado de no tirarlo. Me termino el último trozo y dejo el borde en el plato. Eglys se ríe con el programa de la NBC del que solo entiendo cuatro palabras sueltas.

Cojo las llaves, mi cartera y la cazadora y me despido con dos besos. Doblo hacia Sagasta, camino del coche, y pienso que nunca más voy a volver a aspirar el aroma de la baticueva.

Empiezo a plantearme por qué necesito follar con cada mujer que se me pone a tiro. La hipótesis más simple es la de que follar es divertido y placentero en sí mismo. La más ontológica sería que es un medio para superar el miedo a la muerte, aunque sea de forma pasajera. Puede que solo me aburra, y nada que no sea compartir una cama con otra persona me da esa sensación de tiempo consumido. Toda conducta repetida se convierte en hábito, y yo tengo una personalidad muy adictiva, heredada de unos abuelos ludópatas y hedonistas. ¿Es por inercia? Es por ego, por encontrar aceptación, aceptación femenina, que es la mejor que se puede encontrar, la única que te hace sentir un hombre, mucho más hombre que cuando golpeas a otro hombre. Es por encontrar cobijo, refugio.

Los beneficios de la maca son varios: aumenta la fuerza y la libido, la resistencia, el rendimiento deportivo y la sensación de bienestar general. La maca es un adaptógeno, ayuda a nuestro cuerpo a adaptarse a las situaciones de estrés, aumenta la capacidad del cuerpo para defenderse contra el debilitamiento físico y mental.

«Hola, quería un bote de maca andina». «¿La quieres en polvo?, es una bomba, mi marido la toma, tiene los tres tipos de maca, la amarilla de los botes, la negra y la roja, las píldoras sólo tienen una...». «Póngamela en una bolsa, por favor».

Recibo un WhatsApp:

EGLYS Hellooo, vuelvo de Portugal, un viaje de negocios, ¿tú qué haces?

YO Me sorprende que me escribas, te daba por muerta.

EGLYS ¿A mí? ¿Por qué dices eso?

YO Porque dijiste que mis polvos eran mediocres. Y porque ha pasado una semana y pico desde la última vez que nos vimos.

EGLYS Hahahha, ¿dije eso? ¿Y te enojaste? Va, dime qué haces.

Yo Pues tengo un funeral, ¿te vienes?
Eglys ¿Me estás invitando a un funeral?
Yo A un funeral no se invita, se ruega compañía.
Eglys En ese caso voy.

Acto primero del día tres con Eglys:

El funeral es del padre del marido de una prima de mi madre, pero ella y su novio (el de mi madre), un comercial de Renault al que conoció en un karaoke de puretas hace cuatro años, están fuera de Madrid y me obliga a ir en su representación. Llegamos tarde, entramos de puntillas y nos sentamos al fondo. Mis familiares miran a Eglys como si me hubiera presentado con una marciana. Hacemos un esfuerzo sobrehumano para no reír en la misa, inspirando fuerte a veces y aguantando la respiración en otras ocasiones. Cuando salimos de la iglesia mi tía Paqui le pregunta por su nacionalidad, su trabajo y su familia. Eglys responde que tiene tres nacionalidades, que vende whisky añejo a cincuenta mil la botella y que el nuestro no será un matrimonio de conveniencia. Después, su risa natural contagia a los demás, salvo a mi tía Paqui.

Acto segundo del día tres con Eglys:

Me lleva a su local favorito de Madrid, el Toni2.

—Este es el piano bar donde le dieron la paliza al imbécil del Hermann Tertsch por meterle fichas a una mujer casada —le informo.

—¿Hermann qué?

Es jueves y un crisol de personajes de todas las edades y clases sociales comulgan con ginebra y boleros en torno a un piano de cola. Lo único que les une es la mala reputación que deben de tener entre sus conocidos.

Una señora con aspecto de haber sido *vedette* en los setenta canta como los ángeles el *A tu vera* de Lola Flores: «Mira que dicen y dicen, mira que la tarde aquella, mira que se fue y se vino, de su casa a la alameda. Y así mirando y mirando, así empezó mi ceguera, así empezó mi ceguera».

Eglys grita un «olé» caraqueño que llama la atención del Hermann Tertsch de turno, un borracho con la corbata desanudada que me recuerda al novio de mi madre con diez años menos. Bebo dos tragos de mi copa e intento disfrutar de la coplera espontánea, pero me doy cuenta de que el tío la sigue mirando y mirando y descubro que Eglys también le pone ojitos y le dedica una sonrisa deliberadamente pícara, casi sardónica, espero que burlona…

«Que no bebiese en tu pozo, que no jurase en la reja, que no mirase contigo, la luna de primavera».

Lleva unas gafas caras y coge la copa de balón por el culo. Me fijo un poco más y sí, le echo casi cincuenta.

—¿Por qué miras al gilipollas ese?

—Me ha mirado él primero.

Eglys se gira noventa grados en mi dirección y me agarra de los hombros mientras canta «¡aaaa tuuu vera!» con gesto desgarrado.

—Tranquilo, tonto, que yo parezco perra que muerde, pero soy muy decente —me dice al acabar el estribillo.

«Ya pueden clavar puñales, ya pueden cruzar tijeras, ya pueden cubrir con sal, los ladrillos de tu puerta…».

Acto tercero de mi tercer día con Eglys:

Vuelvo a pisar el aroma de la baticueva. Se quita la ropa y se tiende en la cama del revés, con los pies mirando al cabecero. Es igual, todo da vueltas, la habitación, la Tierra y mi cabeza. Me tumbo encima de ella, desnudo, y siento mi polla muerta, como desprendida de mi ser, un percebe anestesiado. Le beso los labios gruesos, me separo un poco y noto su mirada alcoholizada fija en la mía. Me excita, es una mirada de amor repentino, amor dopado con tequila, ron y algún bolero. Me baja el subidón por el ombligo, me reactiva, como si fuera un Fórmula 1 que al pisarle el acelerador pasa de cero a cien en tres segundos. Le rozo la entrepierna, la vuelvo a besar, la vuelvo a mirar y de repente siento que nunca en mi vida la he tenido tan dura. La penetro suave, la penetro duro, la penetro despacio, la penetro rápido, la vuelvo a besar y la vuelvo a mirar mientras la penetro con toda mi alma. Creo que la diferencia entre follar y hacer el amor está en la mirada, quizás también en el alcohol. Me corro en su pubis, me levanto, me dirijo al baño, levanto la tapa del váter y vomito las siete u ocho copas que he tomado esa noche. Vuelvo a la cama, ella sigue tumbada del revés y el esperma le resbala aún por la ingle.

—Te sienta mejor el clásico —me dice—, a partir de ahora lo haremos así.

El ajo es considerado, desde la antigüedad, un superalimento. Tiene fama de prevenirlo todo, desde el resfriado común hasta la fiebre tifoidea. Los estudios han demostrado que el ajo tiene un poderoso efecto antioxidante y se ha utilizado ampliamente en la medicina herbal para proteger el cuerpo contra los efectos dañinos de los radicales libres.

Leo que puede ser un revitalizante sexual, ya que genera un efecto vasodiltador. Comienzo a tomar dos dientes por la mañana y otros dos por la noche. Los parto por la mitad y tomo los cuatro pedazos sin masticarlos, directamente al gaznate. Caliento leche en el microondas hasta que no puedo coger la taza sin arroparla antes con un paño de cocina. Echo dos cucharadas de maca y lo agito todo lo rápido que puedo, pero no se termina de disolver y queda una especie de engrudo en la superficie. Lo intento tragar sin respirar. Sabe a rayos.

Futre ha vuelto a salir a la calle, ya es práctica habitual en él. Voy detrás para controlarlo, pero ve una paloma en el parque y su instinto lo lleva a intentar cazarla. Antes de dar tres zancadas, los perros de los pokeros del barrio saltan a por él como si fueran los guardaespaldas de la paloma y Futre cambia de dirección como un poseso, corre como si le fuera la vida en ello, y es que le va, se lo van a comer, lo acorralan y me preparo para verlo morir, pero, en el último momento, hace un quiebro maradoniano, se mete entre los setos, trepa por el enrejado de hormigón de la cocina del portero, y deja a los perros ladrando y sin caramelo. Intento cogerlo, pero no se deja. Se da la vuelta, mira al horizonte y bufa. Futre no suele bufar y cuando lo hace siempre es en defensa propia. El portero me dice que si intenta agarrarlo él. Le cae mejor que nosotros. Al final vuelve a bajar por su propio pie y se va directo al balcón de Jaime. Le cuento lo que ha pasado y Jaime le insulta, «cagón». Ya en casa lo abrazo contra el pecho y siento que el corazón le va a mil; han pasado ya cinco minutos. Me gustaría que sintiera empatía por la paloma que ha intentado cazar.

Eglys lleva unos días en Atenas. Echo de menos a Nina Be.

Yo ¿Esta noche curras?
Estrella Dichosos los ojos que te leen.
Yo Tú tampoco has escrito mucho.
Estrella Viendo cómo te despediste la última vez…

La recojo en coche para llevarla a mi casa. Me pone dos condiciones: no follar y que la acerque a Rivas después. Escondo el libro de Eduardo Mendoza debajo de la cama mientras ella se entretiene saludando a Futre, agachada en cuclillas para rascarle las orejas. Me quito los pantalones y me tumbo en la cama, con las manos entrelazadas sobre la nuca.

—Te he dicho que no íbamos a follar.

—Por qué.

—Porque las cosas no van así. Me tumbo y hablamos un rato si quieres.

Me habla de su próximo proyecto mochilero. Quiere ir a Bolivia a practicar «andinismo», subir el Chachacomani y «compartir la forma de vida de los indígenas».

Huele a frutas. Me roza con la cadera y el hombro derecho. Siempre me la acaba poniendo dura al menor contacto. Descubro que de lo que me apetece hablarle es de Eglys, así que me bajo el bóxer hasta los tobillos y comienzo a acariciármela con los ojos cerrados. Estrella no dice nada, pero, al rato, exhala un suspiro que parece salir de la entraña más recóndita y me empieza a imitar. Abro los ojos, ella los cierra y se muerde el labio inferior mientras pasa el dedo corazón por la raja del coño como si se lo quisiera borrar. Ahora me mira a mí, que he acelerado el ritmo al verla y hace lo propio, adelantándome en la carrera. Añade el índice, y baja hasta la entrada de la vagina para introducir ambos dedos hasta los nudillos. No puedo más. Me incorporo en la cama, coloco mis piernas flexionadas junto a su cara y le paso la polla por la frente. Vuelve a frotarse el clítoris, arquea la espalda y gime, esta vez alargando el sonido hasta el aullido. Encajo su cabeza aún más sobre mis ingles, me la agarro como si fuera una manga pastelera y lo sirvo en sus labios cerrados. Nos quedamos en silencio.

Al salir de la habitación es media mañana. Se cruza con Jaime, que viene de pillar unas magdalenas de la cocina, y le planta dos besos sonoros.

—Ey, ¿cuándo me vas a volver a dar otra clase de escalada? —le pregunta.

Hablan. Ya estoy completamente vestido, con las llaves del coche en la mano y Estrella ha empezado a contar no sé qué de la diferencia entre los quechuas bolivianos y los peruanos.

—No tenía que haber hecho eso —me dice en la calle.

—¿El qué, darle dos besos a Jaime con la boca llena de lefa?

—Nunca me he sentido tan deseada y tan poco querida.

—Apenas te has pasado un clínex por la cara.

—No tenía que haber habido sexo, me reafirmo. Invítame a desayunar antes de llevarme a casa, al menos.

Hay un hueco al girar hacia el paseo de la Florida. Unas jardineras altas separan la calzada de la zona peatonal. Doy marcha atrás, pero antes de enderezar le sugiero que se baje porque no va a haber espacio para abrir la puerta.

—Estrella, espera.

—Qué.

—Pilla el bolso.

Estrella se baja, salta las jardineras y se da la vuelta en dirección al coche. Veo que el primer semáforo está en verde. No vienen coches por el carril contiguo, meto primera y arranco. Me da tiempo a mirar por el retrovisor y ver su estatua hacerse cada vez más pequeña. Mi padre se alegra de que vaya a desayunar con él.

Conozco a X en el «R» o RRR Club, como se llama oficialmente. Pincho ahí algunos jueves, después de una *jam* bastante amateur en la que los chavales que se suben se cuelan sin parar, se aceleran o se retrasan respecto a los demás instrumentos, en un concierto coral lleno de espontaneidad. X también es espontánea. Se acerca a decirme que me ama cuando pongo una canción de Arctic Monkeys, se aleja y se enrolla con el primer pringado que le hace parecer deseable.

Unos besos con baba, adolescentes. Las bocas no encajan bien. Un rollo.

Se vuelve a acercar cuando pincho a Parov Stelar, me dice que me sigue amando, se impulsa hacia la cabina con un pequeño salto y abre mucho los ojos; sobreactúa como una actriz de teatro. No sé si es así de desinhibida o solo lo intenta aparentar. Semanas más tarde descubro que su personalidad todavía no se ha formado del todo, aunque tiene todo el potencial del mundo para ser una chica diferente, luminosa. Se encienden las luces, se apaga la música. Me quedo un rato para tomarme un chupito con Falele, el encargado, y dos camareras. Al salir sigue ahí, con una amiga, el chico con el que se ha liado y un colega de este. Me dirijo hacia ella, le toco el hombro, se da la vuelta, sonríe y me da su teléfono.

Hoy he soñado con Jaime. Estábamos en Riaza, la casa tenía un desván que llevaba a la boca de una cueva con mucha pendiente. Planeamos bajarla a la mañana siguiente para escalarla, pero él se resbala y cae. Me alarmo, mi madre cocina, le digo que llamen a alguien, que no lo podemos dejar así. Mi madre contesta que ya mañana si eso. Tengo una hermana en el sueño, ella por lo menos ha bajado al pueblo a pedir ayuda, pero sube y no habla. Le toco el hombro, se da la vuelta, me dice con cara de lástima que es sábado y hasta el lunes no trabajan. Me decido a bajar, me ato los zapatos con doble nudo y me doy cuenta de que no tengo equipo de escalada. Mis hermanos pequeños ven fútbol, la coge Koke y casi marca. He esperado a ver el final de la jugada antes de ir a rescatarlo. Me asomo, grito y responde. Siento alivio, lo veo trepar, magullado y sin fuerzas. Le tomo las manos y tiro hacia mí. Es extraño, en los sueños se me suelen dormir las extremidades cuando necesito usarlas, no me responden cuando necesito golpear o correr. Jaime apoya un pie en una piedra, suelta mi mano izquierda y encuentra una grieta donde colocarla, levanta el otro pie, ya tiene medio cuerpo fuera. Le ayudo a sacarlo por completo. Aparece calvo, con la cabeza verde.

—Había criptonita ahí abajo. ¿Tu madre lo sabe? —me pregunta.

Lo abrazo. Al despertarme se lo cuento. «Qué significará», comenta.

Eglys cumple su palabra y no se me sube encima ni se coloca a cuatro patas. No me importa, me gusta mirarle la cara y besarla. Creo que solo así puedo excitarme con ella.

—Nos van bien los clásicos —me dice—, además hoy te he notado más toro, ¿qué has desayunado?

—Ajo.

X cumple veinte años la semana que viene. Estamos en La Casa de la Cerveza, y nos bebemos una cada uno. Me dice que tiene una información que darme y baja la mirada justo al acabar la frase, en un primer gesto de timidez expresa.

—No te pega ser virgen.

—¿Cómo lo has sabido?

Mi perspicacia le impresiona tanto que en ese momento decide que voy a ser yo el encargado de solucionar su problema.

—Porque es un problema… —reconoce.

—Pero ¿cómo de virgen eres?

—Pues todo lo virgen que se puede ser.

—¿Oralmente?

—Mmm ahí no, he comido dos, una con ganas y la otra no me dio tiempo ni a enderezarla.

—Es que te vi con soltura el otro día en el «R».

Acabamos en un bar de Conde Duque con estética setentera, sofás verdes y una luz sucia. Me dice que el sitio es muy pureta, que me pega, y a partir de ahí no para de hacer gracietas sobre mi edad. En un momento dado se va la poca luz que tiene el local y se lanza a besarme. Lo hace con urgencia, abriendo mucho la boca, dejándome un cerco de babas olorosas. Son besos carnívoros, casi mordiscos, de una violencia adolescente.

—Pues eso, que voy a cumplir veinte años y soy virgen, qué vergüenza, joder…

—Vale, sí, ya lo he pillado —le respondo.

Tiene los ojos oscuros, duros y expresivos, la nariz grande, algo ladeada, y unos labios gruesos, como los de Eglys, pero rodeados por una piel más bruñida. Toda ella es dura, mollar y voluptuosa. No tiene aspecto de virgen. Se lo digo mientras le bajo los pantalones.

—Y menos que voy a tener en un rato —contesta—, si te portas como te tienes que portar.

Me pregunto dónde tiene las expectativas una estudiante de Marketing que, probablemente, no ha elegido a un amigo de su edad porque busca más un profesor que un amante.

Le quito unas bragas verdes con el logo de Guns N'Roses estampado y aparece un sexo blanco, grande y casto. Le abro los muslos de futbolista, beso los labios, la línea que los divide y el clítoris, que tarda poco en desplegarse. Se mueve y gime. También se impacienta.

—No vas a rejuvenecer por beberte los fluidos de una adolescente virginal. ¡Métemela yaaa!

Arquea la espalda y me golpea la barbilla con su coño.

Le duele pero sonríe, le digo ya, ya está, ya me la estoy llevando, tranquila, y estira más la boca, en una mueca que va de la risa al dolor y del dolor al placer. La presión de su vagina me la pone más dura y espolea al prepotente que todo pene lleva dentro.

—Oye, pero no te has puesto condón…

—No se puede desvirgar con condón, ¿no dabais educación sexual en el cole o qué?

—¿Qué?

Enseguida se recupera, me recupera y se sube encima, como una amazona experta. Tiene muslos de amazona, cortos pero fuertes, compactos que terminan en un valle delicioso. El aprendizaje está sobrevalorado, el talento y la actitud lo son todo.

—¿Qué era esa historia de que no se puede desvirgar con condón?

—Una teoría…

—Supongo que a tu edad eso se te baja a la mínima distracción, ¿no?

Dormimos juntos. Me despierto a medianoche abrazado a ella, le como la boca con la misma violencia con la que ella me la había comido a mí en el bar *demodé*. Me vuelvo a dormir, satisfecho de haber aprobado el examen. Porque el alumno era yo.

A Jaime le late dentro una leve conciencia mortecina. Leve, mortecina, pero late.

—Pero ¿por qué llevas ese rollo de novio formal con ellas?

—No lo sé, nunca he tenido follamigas, ellas no han tenido rollos sin compromiso, quieren pasear, ir al cine y abrazarme por las noches. —Agacha la cabeza sobre un plato de fabada precocinada y termina de masticar el único trozo de chorizo que traía el bote—. No lo supe ver al principio y ahora no me sale cortar. ¿Tú sabes lo difícil que es cortar?

Con la ginger le une la orfandad de padre. El de Jaime murió de un ataque al corazón cuando cocinaba unas gachas con papada de cerdo en el restaurante familiar que tenían en Hortaleza, y el de la ginger en un accidente de tráfico cuando salía de Madrid por la A-3. Tenían la misma edad cuando su adolescencia se partió.

—El hermano mayor se ha quedado viudo antes de los cuarenta y su madre sufre depresión. Aun así, no se queja, es lo que más me gusta de ella, que nunca me cuenta penas, lo dice todo en plan informativo y pasa a otro tema.

—Quédate con esa, entonces.

—Ya, pero no puedo pasar ahora de la tatuadora. Mira —me enseña un *selfie* en el que sale desnuda, tapando el pubis con su muslo derecho y los pezones con los dos meñiques.

—¿Son operadas?

—Qué va, rebotan como dos pelotas de goma.

—Deja a la azafata.

—Esa sí se queja, pero es la mejor. Estoy aprendiendo mazo de cine clásico y me río más que con ninguna. Aunque también discuto más que con ninguna. —Jaime moja dos barquitos de pan en el plato, que queda inmaculado—. Me quiere presentar a los padres.

Lobo toca el bajo en su habitación, pero no frasea con fluidez. Lo deja para atender la matraca que le está dando Mónica por WhatsApp. Se cansa de escribir y la llama. No se lo coge hasta la tercera.

—Sabes que no puedo ir ese finde, que tengo que terminar de grabar el disco o estos me echan.

A Lobo le ha enchufado en una banda con pretensiones un amigo batería, pero está empezando a dejar de dar la cara por él ante sus ausencias en los ensayos y la baja calidad de sus líneas de bajo.

—No, tronca, no eres lo último, pero tampoco lo único.

El señor Lobo tiene cara de lobo, los pómulos salientes, la barba densa, dura y bien dibujada, que cubre unas mejillas hundidas, la nariz poderosa, los dientes grandes, que enseña porque ríe abriendo mucho la boca, los ojos claros, la mirada oscura y el alma noble. Se parece a su padre y, seguramente, su padre se habrá parecido al abuelo y así hasta llegar al primer Lobo con cara de lobo al que sus vecinos le pusieron la prosopografía en el apellido.

—Me jodes el *groove,* Mónica.

Sale de la habitación a arreones, como lo hace todo, con corpulencia de palo roído, adelantando la cabeza y negando con ella. Jaime ni le mira, sigue hipnotizado con el *Call of Duty* y no escucha sus lamentos porque lleva los cascos puestos. Lo saco a la pista de fútbol sala, damos unos toques al balón y le pregunto por los goles que metió Futre en Primera.

A partir de las cinco, el Honky sufre un goteo de bajas que me hace añorar tiempos heroicos. La atmósfera azul zafiro se hace más espesa, las lagunas dejan ver los cuadros de la pared de ladrillo visto que tengo enfrente de la cabina, cuadros que llevan ahí dos décadas, el de un Bob Dylan joven, el de una Janis Joplin viva. Hace años cerraba con *Wake Up* y con *Bohemian Rhapsody* o *Where Is My Mind* o con *Don't Look Back In Anger,* era igual, siempre había trescientas personas celebrando que éramos espartanos borrachos cantando himnos épicos. En ocasiones bajaba el *fader* en el momento del estribillo y lo cantaban, subidos a las plataformas, como si estuvieran en el BBK. Yo me sentía casi como Rocío Jurado, agradecida a mi público. Ahí siempre estaba Lobo, pidiendo que pusiera Blink o Nada Surf, y pegando saltos como un adolescente desaliñado cuando lo hacía, o Jaime, al que le daba igual lo que pinchara, pero se esperaba hasta las seis. Hoy uno está en Mallorca pasando el fin de semana y el otro con alguna de sus novias. Cierro con *Here Comes The Sun.* Y todos, los que quedan, se largan a su casa sin mirarme.

Me mensajea Eglys, que está en el Toni2, seguramente bastante moco.

> EGLYS ¿Clásico en la baticueva?
> YO Ok.
> EGLYS Y te quedas a dormir.

Cuando abro el portal me acuerdo de la niña X y siento que me apetecería estar con ella, escuchando sus majaderías.

Dejo de comer ajo. Parece ser que no solo te cambia el aliento sino también la sudoración. La mierda que tienes en el cuerpo te sale por la piel untada en ajo y el ambiente se vuelve irrespirable. Estoy en el Honky y una chica que me viene a pedir una canción se echa hacia atrás antes de soltar el nombre del grupo. Le pregunto qué pasa y me responde que podría matar a todos los habitantes de Transilvania si me lo propusiera. Es sorprendente a qué cotas de crueldad puede llegar una mujer borracha. Así que llego a casa y se lo comento a Jaime, que está jugando a la XBox, «dejo el ajo, para siempre». No se inmuta, solo asiente sin dejar de mirar a la pantalla, como si hubiera sido cuestión de tiempo que me diera cuenta. Ahora compro arándanos, que también son antioxidantes. Liberados del aroma a ajo, podremos seguir disfrutando del tufillo del sedimento de orina que Futre dejó en el sofá.

La niña X se me presenta en el Honky sin avisar, con dos amigas que están igual de locas que ella. Tontean con todos los tíos que andan por la planta baja esperando un milagro que les arregle la noche. Estas niñas a alguno le arreglarían el año. X se acerca cada dos canciones a la cabina para pedirme temas, para sacarme la lengua, para dar sorbos de mi copa, para decirme que esté tranquilo, que no me ponga celoso, que ella me quiere a mí.

—Si me pones a Parov Stelar, te la como ahí dentro —me grita. Levanta una pierna y se queja—. Joder, qué asco de bar, o te resbalas y te partes la crisma o te quedas pegada al suelo.

Miro hacia el vomitorio oscuro que da a las escaleras. Hoy el reguero de bajas masculinas es menor. Las tres chicas se han pasado la última media hora subidas a las tarimas, bailando entre ellas, dándose piquitos, saltando, mirando a los tíos que reclamaban su atención, cantándoles al oído. Recojo mis cosas, espero a cobrar y salgo por la puerta, con la mochila llena de cedés a la espalda y los pens en el bolsillo. Hay tres taxis en doble fila y un chino reparte cervezas frías a un euro. X le compra una justo antes de que el portero rumano le eche de un empujón. Hay cinco tíos rodeándolas. Al verme, se acerca, me da un beso y me ofrece la lata de Mahou. La ha comprado por postureo. Eglys está en uno de sus viajes. Me apetecería estar con ella, en la baticueva, echar un clásico y dormir en un abrazo.

Se ha ido a Atenas a vender un par de botellas de whisky de treinta años por doce mil euros cada una. Me manda una foto de las vistas del hotel y me pide que le envíe un audio con lo que estoy pinchando ahora mismo.

Eglys He estado pensando y creo que deberíamos hacerlo con condón en lo sucesivo.

Yo Por qué, ya te habría pegado lo que tuviera, qué más da.

EGLYS Te lo pueden pegar en unas horas, cuando salgas del Honky.

YO Me estoy cuidando.

Le paso un pantallazo de una conversación con X en la que me dice «quiero que me devuelvas mi himen, me he arrepentido de la ofrenda que te hice».

EGLYS Ey coño, ¿a ti qué te pasa?

El señor Lobo entra en casa con pasos largos y sonoros, se deja caer en la mecedora de Jaime, se quita las Vans tirando del talón de cada zapatilla con la punta del pie contrario, se inclina hacia delante, cierra los ojos y se pone las manos en las sienes.

—No lo soporto más. No lo soporto, no lo soporto más, en serio —repite mientras gira compulsivamente los tres dedos centrales, como si se estuviera dando un masaje cerebral.

—Me han echado del grupo y del curro el mismo día.

Detiene el frotamiento de los dedos, pero continúa con los ojos cerrados.

—Es una señal, claramente.

—Y todo es por culpa de ella. —Levanta la cabeza, se gira hacia mí y prosigue—. Si me hubiera dedicado a follar con cerdas por Badoo como vosotros no me habría pasado esto.

Lobo lleva tiempo mirando curros de diseñador gráfico en Reino Unido e Irlanda.

Tiene facilidad para los idiomas y el inglés lo pronuncia mejor que el español, que lo habla de forma atropellada. Abre el ordenador y envía un currículum a una empresa de Dublín.

—No pagan demasiado, pero creo que es en la que más posibilidades tengo.

—Eres bueno en lo tuyo —le animo—, te cogerán de más sitios. Mírate Londres.

—No, no soy bueno. Hago muchas cosas correctamente, pero no destaco en nada.

—Venga…

—Me falta dibujar mejor para ser un diseñador top, ser algo más creativo.

—Esa chica te ha dejado la autoestima tocada.

La frase de X cuando le estaba comiendo el coño, impertinente y encantadora, como es ella, me recordó a la historia que cuentan sobre Gala en Cadaqués. Por la noche, en la misma habitación, pero en camas separadas, Gala le relataba a Dalí sus aventuras con marineros bisoños. Tenía la convicción de que su semen nuevo la rejuvenecería. Todo se pega menos la hermosura y la juventud. Yo salgo de X como salgo del mercado, igual de viejo. Pero mientras estoy con ella admiro su entusiasmo y, a veces, lo comparto.

Casi todas las mujeres que conozco se ríen mucho. X lo hace con inteligencia, ríe y araña, no distingue. La espero en el parking de la Francisco de Vitoria. Aparece con una mochila pesada que le encorva ligeramente la espalda. Es Publicidad lo que estudia. Es una niña grande, las universidades privadas parecen colegios y yo me vuelvo a sentir un abuelo. En la carretera de Castilla se inclina sobre mí y me baja la bragueta. Se ríe, se la mete en la boca y se ríe con ella dentro. La carretera es recta y larga, llega derecha hasta el semáforo de Puente de los Franceses, donde X se la saca, muerta de risa. En casa le devuelvo el favor, que yo también disfruto. Me gusta su carne nueva, su risa nueva.

—Eres una tía guay —le digo.

—No lo sé.

—Te lo estoy diciendo yo.

—Justo después de follarme.

—Y de amarte.

Me pide que no haga coñas con eso.

—¿A qué te refieres?

Ahora está relajada y seria.

—A que nunca ningún niño ha estado enamorado de mí. Ni en primaria, ni en la ESO, ni en el bachillerato ni ahora en la universidad.

Post coitum se discurre mejor, salen frases macizas y limpias.

—En clase, en ninguna clase, ningún chico me eligió a mí.

—Si tuviéramos la misma edad estoy seguro de que estaría colgadísimo de ti.

—Soy fea, ¿has visto mi nariz? ¿Viste a mis amigas el otro día?

Tiene una voz grave, pero femenina al mismo tiempo y mira muy fijo para tener veinte años.

—Igual ellas, yo qué sé, cumplen más con los cánones de belleza, pero tú eres más graciosa y más lista. Yo me enamoraba de las graciosas y de las listas.

—¿Y te pajeabas con ellas o con sus amigas?

—A mí me pones muy bruto.

—Tú eres un viejo verde y amas mi piel sedosa. Pero ningún San Valentín he recibido una nota de amor.

Lo cuenta con naturalidad, sin inspirar lástima.

—Además, ni siquiera te valgo como follamiga exclusiva. No paras de buscarte otros polvos.

—Eso ha sido culpa de Pof, las aplicaciones de contactos no crean parejas, las destruyen.

—No soy amable. —Calla un segundo y puntualiza—: Amable de susceptible de ser amada, me refiero.

Sobre la cama blanca de la baticueva cuelga un cuadro que pintó Eglys. También es blanco, pegotes de pintura blanca, con un relieve de mapa físico y, en el centro, escrito con una grafía sencilla, una palabra en negro: *anyway.*

A veces lo dice, cuando no entiendo algo, o cuando cuenta una anécdota o un suceso importante, termina diciendo «*anyway*». Eglys me llama *grumpy* cuando protesto, me quejo o le porfío algún razonamiento.

—*Anyway,* yo necesito un amigo en Madrid, un amigo de cama, de conversación. Quiero divertirme. —Se calla durante unos segundos en los que no acierto a decir nada—. Lo que hiciste fue asqueroso, se lo conté a estas.

—Suelo caer mal a las amigas de mis rollos —le digo—. Jaime se lo monta mejor.

—Tu amigo es otro *asshole,* tú al menos te esfuerzas en que se te note.

—Iba pedo, lo siento.

—Retira la primera parte de la frase, pronuncia solo la segunda.

—Te pido perdón, de verdad, fui un gilipollas.

—Quiero divertirme, no quiero mierda.

Creo que me abraza más fuerte esta vez. Mientras siento cómo se me moja ahí dentro, en la segunda baticueva, imagino la conversación que ha tenido con sus amigas. Me siento más avergonzado que culpable. La abrazo con intensidad yo también, pero la miro menos. Intento concentrarme en la humedad y en la dureza. Sentir la dureza me la pone más dura. Es un círculo vicioso, nunca mejor dicho. Creo que le volvería a enviar el mismo mensaje. *Anyway.*

Sucede que me canso de ser hombre. Me aburro, me aburro mucho de mí mismo. Me repito como la morcilla, como un segundero, como un GIF que parecía gracioso pero que, al visionarlo por tercera vez, ya cansa. Temo aburrir a las chicas que tienen el detalle de gastar su tiempo conmigo. Todo el mundo se repite, el placer del tema conocido, la anécdota recurrente, el día de la marmota. Otro día que cuento la misma historia. Esta chica ha puesto una cara nueva y ha respondido algo inesperado, le acaba de dar otro matiz a mi discurso pasado.

Somos hijos de nuestra generación. Y ya. No sé si el verso de Neruda lo hubiese conocido de no haber sido cantado por Extremoduro. La mayoría de mis amigos no, desde luego. Quizá el Lobo, que, entre novela fantástica y novela pseudohistórica, mete alguna línea lírica para desengrasar.

Sucede que me canso de mi piel y de mi cara. Me gusta más la continuación. Sucede que me canso de mi pene, y mi pene de mí, pero no me lo dice para no deprimirme más. Esta chica no ha dado la contestación trillada, el chiste típico, pero si me molestara en conocerla, a la tercera semana no habría matiz en sus matices, serían los esperados y la sorpresa sería redundante. Dejaría de serlo, por tanto, se cansaría de ser sorpresa. Siempre se escribe el mismo libro y se compone la misma canción. Por eso quiero meterlo todo en este, pero como no lo consigo, me frustro. Nina me conocía como si estuviera dentro de mi cabeza. Como era buena, tan buena que aun siendo lista era cándida (cómo se tiene que ser de buena para ser cándida siendo lista, cómo se tiene que ser de lista), a veces le sorprendían mis maldades, mis excesos. Estaba dentro de mi cabeza, pero no estaba dentro de mi polla, o no quería estarlo, para seguir siendo ella. Tampoco quiso ya que mi polla estuviera dentro de ella. Le sorprendían mis burradas y eso que siempre eran las mismas. Nina me decía que me repito mucho, y me lo decía mucho también, no le importaba repetirse para recordármelo. Aun así, alguna vez, dentro del coche, aparcados, me decía que estaba a gusto hablando conmigo, que no quería irse todavía. Así que apagaba el motor y buscaba alguna ocurrencia ingeniosa, algo que le hiciera sentir que estaba con alguien nuevo estando con el mismo pesado de siempre.

El señor Lobo propone un viaje a Granada como despedida de *roomies* antes de irse a Dublín. Hacemos turismo pseudohipstero, fotografiamos la puerta del Amador y entramos en El Bar de Eric, batería de Los Planetas, a tomar unas cañas y unos pinchos. La Alhambra pasa a segundo plano, aunque incluyo en Tinder una foto de los tres sentados en el banco de una plaza del Albaicín, con vistas a ella. Lobo aparece borracho, pero yo salgo bastante bien y barrunto que podría subir la calidad y la cantidad de mis *matches*. Es casi imposible ligar con una chica de nuestra edad, la ciudad está tomada por los universitarios, sobre todo cuando cae el sol. Además, he perdido práctica, no tengo los mismos reflejos que por escrito, sin la lucidez que te da ese margen de tiempo en la respuesta, el lujo de poder barajar tres o cuatro alternativas, en un tono u otro, con una intención u otra. Mi cara de seta no ayuda y he descubierto que sudo como un pollo cuando meto fichas en directo.

—Ligar en persona es de pobres —le digo a Jaime, que sostiene la copa mirando al infinito.

—Además, es casi de acosador, ¿no? En pleno siglo XXI… ¿Esta canción es de Love of Lesbian?

—De Lori Meyers.

—Creo que la he escuchado en el coche de la azafata.

Lobo está desatado y ya le da igual Caperucita que la abuelita. Desaparece con una chica de Cuenca que está visitando a unas amigas que cursan Estudios Árabes en la UGR.

Nos vamos al día siguiente. Lobo no ha dormido en la habitación, pero baja por el ascensor, con las gafas opacas, como si se hubieran caído en un charco de alcohol, el pelo grasiento, el polo dado de sí y el orgullo de quien cree haber salido por la puerta grande.

—Nada, tuve que pillar otra habitación, en la misma planta —me cuenta—. ¿Y Jaime?

Al rato aparece con cuatro pergaminos en los que hay escrita una leyenda en árabe.

—Es el nombre de cada una de ellas, nos dice. Dos euros la pieza solamente.

—¿De cada una de quién? —pregunta Lobo, que todavía no ha amanecido.

—De la tatu, de la ginger y de la azafata.

—Ahí tus huevos.

Los desenrolla para que los veamos de nuevo, uno a uno, mirándonos a la cara, como si esperara nuestra aprobación.

—Pero sobra uno —le digo.

—No, el otro es para mi madre, que se llama igual que la tatuadora, así tengo menos probabilidades de confundirme al repartirlo.

—Ahí tus huevos, Yeimi —repite el señor Lobo mientras se limpia la mierda de las gafas con una servilleta de papel.

En sus tres décadas de historia, han pasado muchos artistas por el Honky Tonk. En la web presumen de haber sido lugar de encuentro de las bandas de La Movida, «en aquellos años de gran creación», pero La Movida, en 1987, estaba igual de muerta que ellos ahora. Inventan que Enrique Urquijo compuso *Hoy la vi* después de encontrarse con uno de sus «grandes amores» en la barra del Honky. «Cuenta la leyenda», dicen, antes de inventarse un par de ellas más. Igual que el Honky es un local oscuro, solo iluminado por unas luces led azules bastante horteras, en el RRR Club domina un rojo vivo, una luz clara y una alegría que incita a pedirse la enésima copa. Además, solo cuenta con una planta, y no necesita de muchos clientes para que el local parezca animado. Cuando pincho allí, me encuentro con gente que ha desertado del Honky porque prefiere subir fotos a Instagram en un local que esté más de moda.

Es jueves y solo pincho una hora y media, porque la *jam* se alarga y el horario de cierre se acorta. X me acompaña, metida en la cabina y me pide que le enseñe a pinchar.

—Una diyei veinteañera y con estilo, no me sería muy difícil fichar por el Primavera —me dice.

Lleva tres copas y no sabe cuándo una canción está sonando en un plato o en el otro. Se cansa, me da un morreo y se larga a mear. Cuando vuelve, Eglys está al otro lado de la mesa de mezclas, quieta como una estatua, mirándome con una sonrisa sardónica, amigable y violenta. Lleva una cinta en el pelo de la que sobresale una pluma, se ha peinado con dos trenzas y le han pintado tres rayas en cada mejilla. Paso ese lapso de tiempo preguntándome si acaba de entrar por la puerta y no me ha visto pegado a X, o si se ha acercado precisamente cuando ella se ha ido al baño. Está guapa disfrazada de india, de india salvaje que me mira como si me fuera a lanzar cuatro flechas untadas en ántrax. Le he visto carcajadas burlonas, gestos excéntricos, muecas excesivas, escépticas, irónicas, miradas retadoras, comentarios crueles, pero nunca esa sonrisa estirada, quieta, ni esa mirada de madre a la que le falta una mínima provocación, un mínimo movimiento o gesticulación que le sirva como excusa para soltarte una hostia que te mande al Templo de Kukulkán. La mirada es más salvaje que su disfraz, ella es india desnuda ya, no le hacen falta ni la pluma ni las pinturas de guerra. Ahora mira a X, que se ha quedado parada en la entrada de la cabina, con un pie en el escalón y otro un paso atrás, con el talón ya levantado, detenido por la presencia de Eglys, que la saluda con una sonrisa de mala de culebrón. Me mira, levanta el brazo para despedirse y sale del local. Me cae el sudor por las sienes.

—Esta era la venezolana, ¿no? —me pregunta X, que no tiene un pelo de tonta.

Releo palabras amontonadas en los libros apilados de la mesa de Lavapiés. Percibo los tonos y valoro cuál sería el adecuado para una novela de autoficción. El ritmo lo tengo, como lo tienen todos los autores hacinados de mi mesa, el tono me baila, la voz vibra, reverbera, grave, demasiado grave. Las ideas se apelotonan informes, los adjetivos aplastan los nombres y ni siquiera la finalidad es cierta. No distingo lo relevante de las anécdotas aglomeradas encima de una mesa alta que Jaime rescató de la basura. Mi novela está enterrada en la Biblioteca de Babel, donde se acumulan todos los libros del mundo en estantes infinitos. Dejo en la mesa, apiñado entre más libros, *Palabra sobre palabra*.

—Oye, ¿tú crees que la tía que me follé en Granada estaba buena? —me pregunta mientras precinta una caja de cartón.

—Comparada con quién.

—Con las tuyas. O con las de Jaime, por ejemplo.

—O con Mónica…

—No, obviamente Mónica está más buena.

—Te quitaste un peso de encima, lo pasaste bien, es lo que necesitabas.

—Pero tenía buenas tetas, eh. —Se levanta, coge la caja, que descansa sobre otras tres, y, antes de desaparecer por la puerta abrazado a ella, se da la vuelta y me dice—: Desnuda ganaba, de verdad.

A la mierda el tono.

Escribo por WhatsApp a Eglys dos semanas después.

Yo Sabías que no quedaba solo contigo.

Eglys Verte con esa chica no fue lo que más me molestó.

Yo Entonces qué fue.

Eglys Que te quedaste callado. Un tiempo muy largo.

Yo Me mirabas con una sonrisa muy rara, no sabía qué decir.

Eglys No eres muy hombre entonces.

Yo No sabía qué habías visto ni cuánto tiempo llevabas en el local.

Eglys Una copa entera.

Yo Andabas escondida o qué.

Eglys No me viste porque estabas con la virgencita. Y como no sabías si te había visto, todavía estabas a tiempo de guardar la ropa.

Yo Me callé porque en esas circunstancias cuéntame tú qué coño se dice.

Eglys Lo que sea, pero nunca quedarse callado.

Yo Lo siento.

Eglys Ya no vale eso, me quitas la ilusión. Te cagas en todo, siempre lo cagas todo.

Yo No sé qué decirte, de verdad.

Eglys Nunca el silencio.

Temporada 2

Nina Be I

Observa con benevolencia cómo desbasto el terreno con el pico, hasta que los intentos de cavar un agujero lo suficientemente hondo como para enterrar una caja le empiezan a hacer tanta gracia que decide grabarme con el móvil. Enseño la hucha mientras me contorsiono para hincar el hierro con más fuerza. Formo un arco con las piernas por el que asomo el flequillo cuando descargo toda la potencia de mi masculinidad sobre la dura tierra portuguesa. «Mi cuerpo de labriego salvaje te socava y hace saltar el hijo del fondo de la tierra», recito a gritos, y ella reconoce el primer poema de los veinte de Neruda.

Volvemos de Lisboa y, a medio camino, le pregunto si le gustaría enterrar una cápsula del tiempo con recuerdos de nuestro primer viaje juntos. Contesta que su objetivo vital es hacer el bobo.

—¿Qué metemos, qué metemos? —pregunta mientras me agarra el brazo derecho con ambas manos.

—Menos emoción, que los que acabamos enterrados somos nosotros.

—La foto que nos hicimos en el fotomatón de la calle del hotel.

—Vale, y el envoltorio del condón que no terminamos de usar.

—¿Guardaste eso, pedazo de cerdo? ¿Desde cuándo tenías previsto enterrar una caja?

—Desde que le pedí un pico y una pala a mi tío para el viaje.

—Llevas un pico y una pala en el maletero y me lo has ocultado, psicópata.

También metimos una piruleta de corazón, una margarita que cogimos de la misma explanada que elegimos para la ceremonia y un librito de poemas de Jim Morrison. Completamos el *collage* de objetos improvisados con un papel que firmamos los dos bajo el siguiente texto: «Esta caja será desenterrada en la Semana Santa de 2016, fecha en la que comenzará un proyecto familiar con hijos engendrados en el mismo hotel del que proviene el envase del profiláctico que aquí descansa».

—Creo que solo deberíamos procrear si al desenterrar esto deshojamos la margarita y sale sí quiero.

—¿No crees que sería ya una señal suficiente que encontráramos la caja después de ocho años?

—Para tener hijos contigo necesitaría más de una señal, recuerda que acabo de verte la hucha durante diez minutos. —Me quita el pico de las manos—. Ve a por la pala, que ya termino yo esto.

Aparezco al momento con una pala de playa y le entra un ataque de risa que le impide continuar con los trabajos de excavación.

—Mi tío no tenía palas —me justifico.

—El castillo de arena ya lo tenemos construido aquí delante.

El lugar donde escondimos la caja no es exactamente una explanada, es un pequeño terreno escarpado en uno de los vértices que forma el castillo de Estremoz.

Lisboa fue una comedia romántica. Solo peleamos una vez, por un malentendido: Nina creyó que la estaba llamando tonta. Las discusiones surgen de una chispa que no ves. Veníamos de beber vino verde, Nina giró en la calle equivocada por enésima vez y yo me reí.

—No sabrías llegar sola ni al bar de la esquina de tu casa.

—Eres un poco cansino con esos comentarios —me respondió con un gesto seco que nunca le había visto—. Ya sabemos que tú eres más culto, más listo y más todo.

—Joder, las chicas tenéis peor sentido de la orientación, es de dominio público, y en tu caso se agrava la cosa.

Terminó llorando sobre la colcha *beige* de la cama, bocabajo, con la cara tapada. Hacía tres meses que la había conocido, un mes desde que le di el primer beso, un día desde que lo hicimos por primera vez. Me había tenido dos semanas con la bragueta bajada en la parte de atrás de mi 206, pero siempre la mantuvo dentro del pantalón. Un día me dijo que solo me dejaría mancillarla en el extranjero. Le propuse una pensión de Lavapiés y se echó a reír.

—No llores más, te quiero.

Dejó de llorar de golpe, se incorporó y me observó con unos ojos húmedos e incrédulos.

—¿Qué?

—Que te quiero. Si no, ¿qué haría aquí?

—Follar, me has traído para follar.

—Follar se puede hacer en Madrid con mucha gente, he recorrido seiscientos kilómetros para hacerlo contigo porque te admiro, nunca he pensado ni que te acerques a ser tonta, todo lo contrario.

Ahí acabó el drama. Nina me abrazó y echamos el segundo de los muchos polvos que nos quedaban.

El mejor recuerdo del viaje es una parada que hicimos en otro pueblo, a la ida. Comimos un bocata en un banco que daba a un huerto tapiado. La rama de un limonero sobresalía por encima del muro, pero los limones no estaban a nuestro alcance.

—Una pena —dijo—. Porque ahí teníamos el postre.

—Limón a palo seco, qué grima.

—Si es por la tontería. Anda, súbete al respaldo del banco, que te sujeto, confía en mí.

El sol se reflejaba en uno de los limones y una sobredosis de amarillo me cegaba. Pero era una ceguera dulce, de limones dulces. Nada une más que la complicidad, y la complicidad verdadera, la etimológica, se gesta en el crimen. El nuestro fue robar limones a plena luz del día en un pueblo del Portugal profundo.

—¿Entonces no crees que la caja vaya a seguir enterrada después de ocho años? —me preguntó ya en Madrid.

—Igual sí, no creo que vengan a excavar los oriundos del lugar, ni que levanten un Zara adosado al castillo.

—Ya, pero es que solo has conseguido sacar tres puñados de tierra. Y ocho años de viento, de lluvias, de tempestades…

TinderDentista, Pofbolivia, TinderJessi, TinderCasada, TinderMex, TinderObsesa, TinderHeidi, TinderIrene2, Badoóltera, PofParla, TinderBrasil, TinderMadre, BadooNicaragua, BadooColombia, Pofera, TinderVenezuela, TinderTeacher, TinderIrene4, Feminista2…

El 21 de octubre de 2016 recibo un regalo a domicilio. Es una libreta Moleskine negra, sobria. La hojeo, paso las hojas, quiero decir, y encuentro una notita.

Patricia Highsmith decía que todo escritor debería llevar una libreta a mano porque nunca se sabe dónde te puede asaltar la musa. Tú, afortunadamente, eres un chico del siglo xx y no vas con tablets por la vida. Espero que te sirva para algún relato. Felices 35, escritor.

No lo firma. Se lo cuento a Jaime, que vuelve de la cocina con unas magdalenas y un brick de leche, «no firma la puta nota». «Busca a la más retorcida».

Selecciono primero las que han pasado por mi casa. Descarto a las que no les he mandado ningún texto literario y a las que no volvieron a escribir, ni yo a ellas, después del polvo. Me quedan TinderIrene3, TinderJessi, TinderVenezuela, Feminista2, TinderHeidi.

* * *

Heidi: ***El hombre turbio que me bloqueó sin más***

Heidi ON 9 DICIEMBRE, 2016 A LAS 16:03 #50841 WE LOVPosted In: Love

Me encantó el post de los hombres que desaparecen, dejo el mío para que respondáis mis dudas.

Conocí a un chico por Tinder. Lo uso poco, pero este me sorprendió. Estuvo meses mensajeándome hasta que un mal día entablé conversación con él. Éramos de mundos distintos, pero nos lo pasábamos bien charlando. Para que me entendáis, él, a veces, era algo turbio: vivía de noche y había estado con muchísimas mujeres. Estaba extremadamente seguro de sí mismo. Era capaz de enviarme copias de chats con otras para que viera cómo le hablaban y mostrarme que estaba rechazando otras opciones porque me había conocido a mí.

Lo que más me gustaba de él es que escribía. A mí también me gusta escribir y eso nos unía. Él me enseñaba lo suyo y yo lo mío.

En definitiva, a pesar de ser yo muy formal y él bastante perturbado, teníamos una conexión especial. Era él el que lo decía (sería mentira después de todo).

Hablábamos a todas horas, me llamaba, nos vimos cuatro veces, nos besamos. En la última cita dormí en su casa y tuvimos relaciones. Nos gustó a ambos, él me dijo que le encantó pasar la noche conmigo.

Después de eso y desconfiando del mundo en general por defecto, pensé que perdería el interés, pero siguió hablándome de la misma forma. Pasaron unos días y, sin venir a nada, chateando como todas las tardes me bloqueó en WhatsApp...

Al principio pensé que había pasado algo con su móvil, porque no soy una persona a quien suelan bloquear, me considero bastante pacífica y sensata. Así que le escribí un SMS. Le pregunté por qué lo había hecho y me respondió algo así como que se había «rayado».

No quise contestar, más que nada porque yo nunca echaría a alguien de una patada fría, sin merecerlo.

¿Cómo es posible que alguien con quien parece que tienes esa complicidad y a quien le das tu confianza sea tan cruel como para hacer algo así? Se llama *ghosting*, ¿no? Me pregunto de qué tipo de mujeres se enamoran estos personajes (ya por simple curiosidad). Puesto que es el típico perfil de ex enquistada...

Marina Pinilla ON 9 DICIEMBRE, 2016 A LAS 21:36 #50866 ¡Alerta capullo!

* * *

TinderEme

Reabrí mi perfil de Tinder porque estaba cachonda y enfadada. El fin de semana anterior había tenido un encuentro nefasto con un tío de mi barrio al que conocí tomando el aperitivo y con el que experimenté el ya clásico gatillazo de las 7 a.m. Demasiada coca, demasiado alcohol y demasiada urgencia por meterla.

Aun así, me despertó la libido, un poco aletargada en el último mes por culpa de mi follamigo recurrente, un *dealer* del sexo que llama poco, responde con evasivas a mis picos de necesidad sexual, pero pretende que yo me abra de patas cuando llega su wasap.

En este segundo *round* me había propuesto ser selectiva, menos es más, Esther.

Su perfil apareció pronto, los algoritmos saben mucho. Me gustó su carta de presentación, no tanto sus fotos. Su texto enganchaba, denotaba cultura y, además, le gustaban los Pixies y a mí me suena el *Here Comes Your Man* cuando me llaman por teléfono. Me gustó que leyera a Diana Aller, a una mujer. Su fealdad poco importaba porque: a) no había asistido a la Universidad de la Vida y b) a Dios pongo por testigo que yo me follo a las mentes.

Costó poco entablar una conversación amena con él. Era rápido, irónico, no me dejaba demasiado tiempo en línea y nunca formuló la manida «¿qué es lo que buscas en Tinder?», así que todo fetén.

Dejé que la conversación prosiguiera hasta que dejó claro que su única pretensión hacia mi persona era básicamente comerme el coño, a ser posible sin cañas previas.

Chateamos un par de días por la aplicación, pero le di mi WhatsApp enseguida, yo me estaba poniendo muy digna y él era de meterla sin dilación.

Esa misma noche escribió, y diría que fue hasta atento. Siempre me había dado la impresión de que bajo la apariencia de machirulo morboso había un tío con cierta inteligencia emocional. Hablamos cuatro tonterías, le mandé un audio (siempre gano puntos con la voz) y se despidió de mí con un «descansa, Esther», en tono solemne. Ese puto «descansa, Esther» fue la artimaña perfecta, el bajabragas que necesitaba. Sí, era un capullo cerdaco, pero el tío se preocupaba por mi descanso. No quedan hombres así.

Trabajaba de diyei los fines de semana en un garito medio mítico y hacía sus pinitos como escritor. Tardó unas horas en enviarme por *email* su amago de novela. Otro clásico del Tinder: acostumbro a coleccionar los archivos de MP3 de los músicos con los que he chateado y tengo todos los Flickr de la cantidad ingente de fotógrafos que pululan por la *app*. Cualquier día me grabo un vídeo administrando la vacuna del meningococo B para enviarlo a todos mis *matches*. Proliferarán mis polvos como los hongos (y viceversa).

Al día siguiente leo la primera parte de su novela. Me gusta, pero me hace sentir en la más absoluta de las miserias. Reconozco calcadas cada una de las conversaciones que hemos mantenido la última semana. Me lo imagino en casa como a un autómata reproduciendo chascarrillos, casi haciendo un corta y pega, y me fustigo a mí misma con el no aprendes y no eres especial.

El viernes hablamos un rato, sale a relucir mi coño nuevamente y un plan bastante militarizado de lo que para él supone follar conmigo. Me divierte y me pone cachonda.

El sábado quedo pronto con mis amigas a tomar el vermú. El licor café y el MDMA que tengo guardado en el bote de probióticos ayudan a alargar la fiesta hasta la madrugada.

Antonio hace su aparición pasada la medianoche y me dice que vaya a verlo al bar donde pincha. Yo, que había salido de casa a la una de la tarde, doce horas después llevaba unas pintas de trasnochada fatales para una cita, por muy apalabrado que estuviera el sexo. Le digo la verdad, «si hoy acabo en el Honky Tonk» con todo lo que llevo encima, «soy una diosa».

—Se lo —me contesta. Su respuesta me empodera, mojo un poco el tanga y entro en el puto Penta a escuchar por enésima vez *La chica de ayer.*

El alcohol y el MDMA surten efecto, nos despedidos del resto del grupo y las pupilas de Mónica me confirman que puedo hacer con ella lo que me dé la gana. La meto en un taxi a pesar de que la distancia entre Tribunal y Covarrubias es ínfima porque quiero llegar ya. El MDMA me sube por el chichi, y así se lo hago saber al pobre taxista, que se caga en mi carrera.

—¡Me está subiendo de golpe, cagoentó!

Mi amiga alaba mi salida, pago el taxi y no doy opción a piti. Quiero bailar y me puede la curiosidad.

Doy fácilmente con las escaleras que me conducen a una sonoridad familiar, como si se tratara del salón de mi casa, y ya en la planta baja veo a mi *match,* al cual me enfilo directa y sin demora para pedirle una de Dorian.

Sonríe, me reconoce enseguida y le digo la verdad, que es más guapo al natural. Me relamo entre dientes, me gusta mi *match.*

La droga sigue haciendo su trabajo y DJ Match no hace más que poner *hit* tras *hit,* así que no paro de bailar como una loca. Suenan los Killers, funky de la Motown, Futureheads y en el *Emborracharme* me crezco pensando que la parte de «y con las ganas que tengo de follarte» me la está dedicando a mí.

Alterno mis bailes locos con visitas a la cabina para hacerme notar, pero en el último tercio de la noche empiezo a intuir que no va a haber polvo. Me da evasivas, se hace el cansado y yo empiezo a cagarme en la puta.

Antes del cierre, cojo mi bolso y mi chupa de mala gana y salgo del garito con una mala hostia infernal, «com-puesta» y sin polvo.

Me muerdo las uñas durante todo el trayecto que hay desde Bilbao a mi casa para no escribirle, pero en el portal le lanzo una pregunta incisiva porque yo NECESITO saber. Me asaltan de golpe todos los temores del mundo, me vuelvo a menospreciar y vuelven a aflorar mis tres años de terapia Gestalt y psicoanálisis a setenta euros la sesión. «No soy yo, es él, no soy yo, es él», repito mi mantra, pero me puede el enviar y gana, una vez más, la humillación.

Responde *ipso facto* con cierta condescendencia. No sé en qué momento ni cómo cambian las tornas, pero me dice que está a diez minutos de mi casa.

Me doy una ducha rápida porque apesto y además tengo un destemple toxicológico de cojones. Me pide que le reciba a cuatro patas y deja bien claro que no va a haber preliminares.

Del episodio sexual, que duró exactamente veinticinco minutos, guardo recuerdos vagos.

Me consta que no hubo besos, que se desnudó rápido, que me tendí en la cama y que me quitó las bragas porque yo se lo pedí. Me comió el coño con prisa. No sé si realmente estaba tan cachonda o él lo hacía aposta, pero en ocasiones le oía sorber mi flujo como si fuera un flash.

Le chupé la polla sin esmerarme demasiado, yo quería lo mío y estaba resentida. Me costó levantársela, ¡todo el día pensando en follar y a la hora de la verdad esto!

Cuando conseguí enderezarla le pedí que me la metiera, realmente me urgía.

Estoy segura de que no se corrió, se despegó rápido, se fue al baño, se lavó la polla e hizo desaparecer el condón por arte de magia. Tardó en vestirse lo que yo en beber el vaso de agua que había encima de la mesilla.

Se acercó a mi cuerpo inerte, me dio un beso en la mejilla y dijo adiós.

Retiré la estufa de gas, intenté buscarle sentido a todo aquello, apagué la luz y me cubrí con el edredón. La bizarra situación no sólo no me había quitado la sensación de frío, sino que había contribuido a acrecentarla. Me sentía sucia, rastrera y sola, muy sola. Seguía helada, me quemaba la soledad, pero acabé quedándome dormida.

Me desperté a las diez con una única neurona y en estado de excitación. Tuve que masturbarme mientras ponía orden en mis ideas. Pensé en él cuando me corría, en concreto en la parte en que me estimulaba el clítoris y el ano cuando le hacía la mamada.

Han pasado tres días y sigo en *shock*. Me castigo por haberle escrito y provocar un polvo mecánico. Si hubiera sabido esperar habría tenido lo mío, me digo —ya no te valora, eres una golfa, ya no te valora, eres una golfa—, nuevo mantra para la colección.

Te salió mal la jugada, Barbijaputa, al patriarcado no se le exige follar si tiene sueño.

Dudo que volvamos a vernos. Una pena. A mí este tío me pone con una cerveza delante en una barra de metal.

Veredicto:

9 en la prueba escrita. El chat lo maneja a la perfección, en ocasiones parece albergar hasta un corazón en la lejanía. 6,5 en el examen oral. Mucho hablar y al final lo hizo rápido

y con poca gana. No me masturbaba a la vez que me lo chupaba. 6 en el examen práctico.

Conclusión:

Sigo cachonda.

* * *

Paula

—¡Ah!, hola, Sybil.

—¿Vas a ir al agua?

—Te esperaba —dijo el joven—. ¿Qué hay de nuevo?

—Mi papá llega mañana en un avión —dijo Sybil, tirándole arena con el pie.

Paula no lee, declama. Se le notan las clases de teatro que toma desde los cinco años. Ya no es una niña, ahora tiene dieciocho y también las imparte, a niños de primaria. Tiene un ojo triste y el otro alegre.

—Pregúntame algo más, Sybil —dijo—. Llevas un bañador muy bonito. Si hay algo que me gusta, es un bañador azul.

Sybil lo miró asombrada y después contempló su prominente barriga.

—Es amarillo —dijo—. Es amarillo.

—¿En serio? Acércate un poco más.

Guarda en mi habitación medio armario suyo, entra con naturalidad, sin necesidad de inventar ninguna excusa, y se tumba en mi cama a chatear por el móvil o, simplemente, a descansar hasta que se queda dormida, en posición fetal, a la altura de mis piernas.

—Tienes toda la razón del mundo. Qué tonto soy.

—¿Vas a ir al agua? —dijo Sybil.

—Lo estoy considerando seriamente, Sybil. Lo estoy pensando muy en serio.

Sybil hundió los dedos en el flotador de goma que el joven usaba a veces como almohadón.

—Necesita aire —dijo.

—Es verdad. Necesita más aire del que estoy dispuesto a admitir. —Retiró los puños y dejó que el mentón descansara en la arena—. Sybil —dijo—, estás muy guapa. Da gusto verte. Cuéntame algo de ti. —Estiró los brazos hacia delante y tomó en sus manos los dos tobillos de Sybil.

Llegó a casa con dieciocho años recién cumplidos diciendo que tenía cinco más, porque no sabía que la habríamos acogido de igual forma. Es pequeñita, pero tiene una musculatura que ejercita a diario en un gimnasio donde aprende acrobacias, malabares y demás prácticas circenses. También da clases de matemáticas y física, esta vez a chavales de un curso inferior. Recibe una pensión de trescientos cincuenta euros de su padre, que tiene un año más que su abuela materna.

—Sharon Lipschutz dijo que la dejaste sentarse a tu lado en el taburete del piano —dijo Sybil.

—¿Sharon Lipschutz dijo eso?

Sybil asintió enérgicamente. Le soltó los tobillos, encogió los brazos y apoyó la mejilla en el antebrazo derecho.

—Bueno —dijo—. Tú sabes cómo son estas cosas, Sybil. Yo estaba sentado ahí, tocando. Y tú te habías perdido de vista totalmente y vino Sharon Lipschutz y se sentó a mi lado. No podía echarla de un empujón, ¿no es cierto?

—Sí que podías.

—Ah, no. No era posible. Pero ¿sabes lo que hice?

—¿Qué?

—Me imaginé que eras tú.

Sybil se agachó y empezó a cavar en la arena.

—Vayamos al agua —dijo.

Ayer leyó *El corazón delator* y me hizo un comentario de texto por escrito. Hoy lee en voz alta *Un día perfecto para el pez plátano.* En voz alta porque está sentada en mi cama, con el portátil entre las piernas y yo necesito refrescarlo para analizarlo con ella. La última vez que lo leí fue para discutir con Heidi si el protagonista era pedófilo o no. Paula duda entre estudiar el año que viene circo formalmente o matricularse en Literatura.

Luego, con la mano izquierda, tomó la de Sybil.

Los dos echaron a andar hacia el mar.

—Me imagino que ya habrás visto unos cuantos peces plátano —dijo el joven.

Sybil negó con la cabeza.

—¿En serio que no? Pero ¿dónde vives, entonces?

—No sé —dijo Sybil.

—Claro que lo sabes. Tienes que saberlo. Sharon Lipschutz sabe dónde vive, y solo tiene tres años y medio.

Paula no es una niña. Termina el relato y calla durante unos segundos para procesar la información.

—Tendría que hilar la primera conversación, el encuentro con la niña y el posterior suicidio…

—Los del realismo sucio usan el lenguaje más básico, pero hay que leer mucho entre líneas. Yo tampoco entiendo la mitad de los cuentos de Salinger o Carver.

—Vuelve de la guerra tocado, su mujer no le quiere… o sí, su suegra es la que no le quiere…, no sé de qué conoce a la niña pequeña…

—Pero ¿el protagonista es un pedófilo o no es un pedófilo?

—No, no hace que la niña se sienta incómoda en ningún momento.

Paula tiene diez años recién cumplidos y su madre la lleva al club hípico de Tres Cantos. Quiere montar el caballo que sale en la serie *Águila Roja,* «Cervantino» es la sensación de la escuela el mes que lo cuidan allí. Le gusta mirar a los ojos de los caballos. Es un día de fiesta y el recinto está cerrado pero el director le permite entrar. Está él solo. La madre de Paula se va a una cafetería a leer el periódico y queda en recogerla una hora después.

—Es lo único que hacía. En casa ponía el periódico en la mesa y se lo estudiaba, sin levantar la vista, una hora, dos...

El director despide a su madre con una sonrisa y va en busca de Paula, que ya está frente al caballo y levanta la cabeza para mirarlo. El hombre le acaricia la cara.

—¿Conoces el paso español?

La niña le responde que no, que su profesor todavía no le ha dado esa clase. El director tiene pasado el brazo por los hombros de Paula para acariciarle la mejilla izquierda, mientras su barriga roza su carrillo derecho. Le dice en un tono meloso que antes de montarlo debe aprender ese movimiento. La conduce a la caravana, que hace las veces de despacho y recepción. Paula sube, mira el reloj más fijamente de lo que antes miraba al caballo, se concentra en la manilla del segundero, que es la más divertida, la que más se mueve. Piensa que la manecilla del segundero es la hija y que es larga porque ya ha dado el estirón, pero todavía es inquieta y juguetona, la manecilla del minutero representa a la madre, que se mueve menos que la niña, pero más que el padre, que es un hombre bajito, vago y gordinflón. No quiere mirar al hombre, no quiere que se dé cuenta de que ella sabe que está haciendo algo malo. Si recuerda que tenía mucho pelo y muy canoso es porque conserva imágenes de otros días en la cabeza. Salen de la caravana. El hombre le dice que ya puede montar a Cervantino.

—¿Seguiste yendo a ese club?

—Sí.

—Y cuándo le veías… qué…

—No lo recordé hasta hace cuatro meses, rellenando un test de autoconocimiento en un libro de psicoanalismo francés. —Calla un momento para pensar la siguiente frase—. Lo único que me quedó de ese día fue la asociación de las manecillas del reloj con los miembros de mi familia.

Instintivamente envuelve las bragas blancas en unos calcetines gruesos, de los que utilizó el último invierno para aprender a esquiar. Primero las mete en uno de ellos y, después, envuelve ese dentro de su pareja y lo guarda todo en el fondo del armario de su habitación.

—Lo encontraría tu madre.

—Igual no se fijó, si lo hizo pensaría que era caca y me había dado vergüenza echarlo a lavar.

Paula narra con una profusión de imágenes asombrosa, en un tono neutro que hace que la historia sea creíble, que fluya con naturalidad. Me lo cuenta la primera noche que entra en mi habitación. Quiere enseñarme unos dibujos con los que ganó varios premios consecutivos cuando tenía entre diez y trece años. Primero espera de pie a que les eche un vistazo, pero enseguida se sienta contra la pared, en el quicio de la puerta, recogidita al lado del radiador. Me cuenta su vida durante tres horas y media, con parones para beber cerveza, mearla y traer helados del congelador. Al día siguiente pienso que, si le hubiera puesto una grabadora, tendría una novela completa, perfecta, que solo tendría que volcar al papel para que fuera publicada. «Yo ya sabía en qué estado estaba mi madre con escuchar los tres primeros pasos. Era como cuando la llamaba por teléfono, si el "sí" se dilataba una milésima o dos, o notaba una mínima variación en cómo se apagaba el tono, ya lo sabía».

Le pido que intente escribir, o transcribir, parte de lo que me contó la noche anterior. Sobre el papel se pone literaria y pierde toda la fuerza. Levanta el tono. Le digo que la intensidad no depende del dramatismo que se le meta pero que tiene una facilidad pasmosa para visibilizar los textos. Le dice al hombre que ahora tiene los pelos del coño tan largos que podría estrangularle con ellos. Describe el moratón que le dejó en la vulva y que atribuyó a una caída en bicicleta. Su madre se lo creyó. «¿Quién tiene un cardenal de ese tamaño en esa zona y ninguna herida más?», me dice.

* * *

Jaime-Señor Lobo

La tatuada se pone de cuclillas sobre la cavidad pélvica de Jaime. De esa cavidad emerge el pene, aunque él prefiere emplear el término falo, que tiene una sonoridad más vigorosa. El señor Lobo y yo decimos polla, como todo el mundo, a no ser que hablemos con el urólogo o con nuestra madre. La tatuada tira de cuádriceps y no toca más que el falo de Jaime, lo engulle, lo libera y lo vuelve a engullir mientras ejercita los isquiotibiales, los femorales, los glúteos y el abdomen en una sesión completa de gimnasio.

La tercera noche que el señor Lobo pasa en Dublín se celebra la Nochevieja de 2015. Cena en casa de su primo de León con él y el *roomie* de este. Tiene pensado dormir en la habitación de la tercera compañera de piso, una chica de madre toledana y padre escocés que se ha criado un poco en Madrid y otro poco en Edimburgo. Ella ha preferido acudir a una fiesta multitudinaria con cotillón, disfraces y mucho alcohol en la otra punta de la ciudad, así que dejará libre su cama. El señor Lobo está triste, manda felicitaciones por el Pegacromos y pregunta por Futre.

LOBO Dejadle un par de caprichitos de salmón antes de iros a cenar con vuestros padres, por favor.
JAIME Y un regalito de Papá Noel, no te preocupes.
LOBO Feliz año, fuckers.

Hora y pico después de haberse acostado en el colchón blando de una habitación desconocida con fotos de una familia que no es la suya, enciende la luz una chica con la piel muy blanca, pecas y la nariz respingona. Lobo se incorpora, se disculpa y le dice que pensaba que iba a dormir fuera. Empieza la frase en inglés y la termina en español. Se levanta, pero la escocesa de Toledo le dice que no puede estrenar el año durmiendo en un sofá si ahí caben los dos perfectamente. Lobo aspira la atmósfera etílica que la chica ha traído consigo y se tumba hacia el lado de la cama que ella ha ocupado. Lo hace con timidez, sin tocarla. Los bucles del pelo rojizo huelen a humo y al señor Lobo se le empieza a agitar la respiración. La chica se mueve, inquieta, hasta que se da la vuelta también. A la mañana siguiente son novios. Así vamos con el año, le dice el Lobo.

Jaime observa el dibujo que su tatuada tiene en el monte de Venus, una lagartija invertida, con la boca abierta, que va y viene, arriba y abajo, como si amenazara con comerse su falo. Ha pasado un mes desde que el señor Lobo se ha mudado a Irlanda cuando la tatuada le pide a Jaime que se vaya con ella a vivir a Dublín.

—Me ha ofrecido un curro el tío que me enseñó a tatuar. Dice que ahí la cosa marcha bien y que se esperan unos años buenos antes de que se les pase la fiebre. Tú aquí no haces más que unos extras bien pagados.

Jaime pone de excusa a su madre, pero le anima a irse. Es un novio comprensivo y no quiere cortarle una oportunidad laboral como esa. Ella le dice que sin él no, pero Jaime insiste mucho y le asegura que irá a verla una vez al mes y, que se mudará a medio plazo. Su novia accede.

La tatuada y la toledana de Edimburgo se hacen amigas. La primera le dibuja un tatu que resalta en la pálida piel de la novia de Lobo.

Tanto la ginger como la azafata se sorprenden de lo mucho que su novio extraña a Lobo. Estef, que así se llama la chica que trabaja en Ryanair, le ofrece *staff travels,* que son los billetes sobrantes que se ofrecen a los empleados a bajo coste. Cada dos meses, Jaime pasa un finde en Dublín. En uno de esos viajes vuelve con la receta de gachas con papada de cerdo grabada en el antebrazo.

* * *

Nina Be II

—Solo ligas porque desprecias.

—Qué paradoja.

—Es la paradoja del dulce desdén.

—¿El de Lope?

—Sí. Las chicas que encuentran atracción en los males que les proporcionan los hombres acomplejados y estúpidos como tú.

Sé que Nina Be me quiso, que me quiso y me odió al mismo tiempo. Es la paradoja de Nina, la paradoja del amor romántico, que se diluye si se completa, la cuerda que se rompe cuando se tensa. «El amor es una llamarada que no resiste al resplandor de su consumación»; Nina se cabreaba como una mona cada vez que le citaba este verso de un trovador francés del siglo XIV. Antes lo habían apuntado Tristán e Isolda y después lo confirmaron Romeo y Julieta y, entre todos ellos, nos explicaron cómo se iba a amar en Occidente durante los siguientes cinco o seis siglos. Sé que me quiso no solo porque me insultara con toda la boca sino porque cuando, después de llevar unos meses sin hablar, la volvía a buscar, volvía a llamar a su puerta, me miraba como a un perrillo abandonado, me perdonaba como a un niño que ha cumplido ya su castigo por romper un jarrón. La busqué, volví dos veces después de que me dijera que no quería verme nunca más, las dos por Navidad, la de 2015 y la de 2016. La Navidad me baja las defensas, me entra una nostalgia de lo perdido que no puedo con ella y me pongo a recordar los números de teléfono de las casas de mis abuelos, 478-09-65, 679-31-34, cuando todavía no había ni que marcar prefijo y una voz cálida contestaba al otro lado de la línea. Nina vio morir a mi última abuela, le dio de comer una gelatina de fresa, que es lo único que le gustaba de aquel hospital concertado a medio construir, y ella, a cambio, le regaló una película que había pillado con *El Mundo* del último domingo. *Good Bye, Lenin!* El último regalo de mi abuela.

La primera vez que volví a buscarla, venía de intentar comprar el de mi madre, pero me frustré porque no recordaba ni su talla de pantalón ni su número de pie, porque no encontraba la salida de un Corte Inglés atestado y porque uno de mis rollos de aquella época, no podría asegurar ahora cuál, no me cogía el teléfono. La Navidad me recuerda mi fracaso, el fin de año me recuerda que todo se acaba, que cada vez tengo menos tiempo para realizarme, para publicar un libro, para gobernar el mundo, para follar. A la muerte solo la vence la gloria o el amor romántico, y como en ese tiempo seguía bloqueado en mi primera novela nonata, la que me iba a proporcionar la gloria literaria, solo me quedaba el amor de Nina. Echaba de menos su risa, su olor y sus dardos. Había mucho cariño y un profundo conocimiento de mis miserias en aquellas puyas que me lanzaba. Siempre me ha puesto tierno que una mujer me conozca, que me vea venir, que mi nombre suene familiar en su boca, «un hombre no es hombre hasta que no oye su nombre de labios de una mujer». Me gustaría que todas las mujeres del mundo me hubieran parido a la vez. La mujer como madre o como puta, que dice Olita, dos roles. No he conocido una sucesión de números con más ritmo que la que había que marcar para que mis abuelos contestaran, 478-09-65, 679-31-34, como si fuera un orden natural, como si después del 09 no pudiera venir más que el 65, con esa cadencia en la acentuación del amor paternal. Siempre pensé que Nina era mi otro yo congénito, el complemento de mi separatidad, que abrazarla, encajar en ella, engarzar nuestras individualidades mortales, era superar esa mortalidad. Encajar, engarzar, enredarse, enzarzarse, una sucesión natural, un círculo vicioso y virtuoso, y una paradoja inevitable, la del amor y la del dolor. «Eres la persona que más feliz me ha hecho y la que más daño me ha causado», me dijo, y pensé que estaba haciendo poesía. Lo recibí como un cumplido cuando se trataba de un reproche como un corazón de grande.

Nunca la pegué. Una noche, al salir de un bar, me metí en el coche, eché el seguro, arranqué y la dejé ahí tirada, en mitad de la calle, de pie, llorando, sin saber por qué. No había más motivo que mis huevos negros. Nina no era rencorosa, simplemente no olvidaba un desprecio. Y no lo olvidaba porque le seguía doliendo.

La primera vez que volví a buscarla, llamé al telefonillo, pero, al oír su voz, no contesté. Volví a llamar, volvió a preguntar «¿sí?», con un tono más interrogativo aún, y tampoco respondí. La tercera vez que toqué el timbre, abrió. Un árbol artificial adornado con luces intermitentes iluminaba el recibidor. Subí las escaleras, me senté delante de su puerta, con la espalda apoyada en una pared amarillenta, mirando hacia el suelo. Hacía meses que no sabía nada de ella. Un nudo en la garganta, falta de oxígeno como indicio del llanto. Oí ruidos e intenté distinguir si pertenecían a una sola persona o a dos. Se acercó a la puerta, se volvió a alejar. Cuando volvió, abrió por fin, me miró con aire compasivo, sin aparente sorpresa, como si me hubiera estado esperando, y pronunció mi nombre. Creo que fue la primera vez que me vio llorar. Cómo no me iba a perdonar como a un niño si lloraba, si tenía toda la angustia de la Navidad concentrada en el gaznate, la angustia de cuatro meses sin verla. Era mi ex enquistada, y el quiste cambiaba de lugar según el día. En ese momento lo tenía instalado en la tráquea, cuando logré salir del puto Corte Inglés, en el estómago, el día anterior, en el corazón.

Nunca la pegué, salvo una vez. Estábamos haciendo el amor. Ella, debajo, me rodeaba la cintura con las piernas. No sé por qué lo hice, o por qué me pareció que podría convertirse en algo excitante, pero le solté una bofetada limpia y sonora que le giró la cara. Me miró con los ojos muy abiertos y pude apreciar, como a cámara lenta, el proceso neuronal por el que sus músculos se contrajeron, sus ojos se rasgaron y sus lágrimas comenzaron a caer. Mecánico, espasmos que respondían más a una situación que no comprendía que a un dolor físico. Fue una reacción instintiva, pueril, se convirtió en niña de forma repentina, no como la mía, gradual, mi llanto lo venía anunciando mi incapacidad para salir de los grandes almacenes, encerrado en la caverna de Saramago.

Repaso algunos de los *mails* que Nina me ha mandado en estos últimos años. Los hay divertidos, noticias surrealistas que ella mejoraba con comentarios ocurrentes. Aprendí un montón de cine con ella. En su casa apilaba libros sobre Hollywood, la biografía de su actor favorito, Paul Newman, que según ella fue fiel a su mujer toda la vida, a pesar de que Marujita Díaz dijera lo contrario; las memorias de Liz Taylor, las conversaciones entre Truffaut y Hitchcock. Me contó mil anécdotas. En Hollywood ya ocurrió todo. Y ya lo contaron.

Repaso sus *mails* y encuentro uno del verano de 2015. Yo había escrito un capítulo de mi novela abortada y le pedía opinión. No sé lo que ocurrió entre el envío y la recepción, qué guerra estalló, pero su respuesta fue la que sigue:

> Recomiendo la película francesa *Mi amor* para que se entienda cómo me he sentido durante siete años de mi vida: manipulada, vejada, anulada. Si la que lee esto es una nueva novia, que sepas que es posible que ya le hayas perdonado sus primeros cuernos y te sentirás más segura porque te ha dado las contraseñas de su correo y de su Facebook. Te hará creer que te quiere y te necesita, pero nada más lejos de la realidad, jamás dejará de engañarte, tonteará con otra mientras estés dormida. Si estás a tiempo huye, nunca dejará de hacerte sentir como si no valieras nada, aunque te diga lo contrario. Siempre pensé que a mí me quería de verdad. Error. Las mentiras y los engaños son su forma de vida. Sé que crees que cambiará, y si eres cabezota como yo, lo intentarás hasta la extenuación, pero eso nunca va a ocurrir. Te deseo la mayor de las suertes.

El texto del correo es el reflejo de un sentimiento concreto en un instante preciso. ¿Por qué la pasión romántica, en su intento de convertirse en amistad profunda, en amor duradero, siempre se transforma en odio? La culpa es del puto trovador francés.

Temporada 3

AGOSTO DE 2017

Releo los wasaps de la última semana e intento recordar las conversaciones que hemos mantenido cara a cara, ordenarlas, repasarlas. Podría haber usado palabras distintas, frases más brillantes, chascarrillos más adultos, respuestas más ingeniosas, haber tenido más reflejos, la réplica inmediata, «tienes respuestas para todo». Podría no haber hecho ese chiste fálico cuando me pidió que le abriera la botella, podría haberla abrazado cuando cortó el coito perruno porque ya se había corrido minutos antes. Me limité a acariciarle las nalgas con la mano izquierda mientras la derecha perseguía mi propia meta. Podría haber cerrado la sesión de Facebook. Estoy en Riaza, en una casa familiar que disfruto en usufructo, mi «habitación propia». Las polillas se lanzan hacia el brillo de la pantalla como pilotos japoneses contra barcos aliados. Apago todas las luces, pongo en reposo el Mac, abro la puerta de entrada y enciendo el farol de la terraza, que ilumina las baldosas, la barandilla negra y dibuja la sombra del pino alto que ha crecido en el jardín. Espero dos minutos, respiro el aire limpio de la sierra y pienso en ella. Cierro la puerta, enciendo la pantalla de nuevo y dos polillas más se estrellan contra ella. Las polillas permanecen, ella no, se acaba de ir al final de la tercera temporada. Me estrello contra el texto.

Los textos líricos se escriben de madrugada.

SIETE MESES ANTES

«Il est des jours où Cupidon s'en fout».

Su *nick* es Shhh, como si me mandara callar antes de escribirle la primera tontería. Ha colgado una foto sucia donde no se aprecia ni que es ser humano. Sale de espaldas, parece estar cruzando el desierto de Gobi con una mochila pequeña. El texto está sacado de una canción de Brassens, no me importaría clavar una chincheta en el mapa de Francia. Tiene el pelo largo, castaño claro o rubio oscuro. Me la imagino guapa, mucho, como tétrica me imaginé a la madre de *Psicosis* antes de que le dieran la vuelta a la calavera. Nombro a Shhh abeja reina.

En bachillerato me hicieron transcribir tres exámenes por mi mala caligrafía, leer cuatro en voz alta y repetir uno con nuevas preguntas. Nunca he sabido coger el bolígrafo, agarroto los dedos cuando intento redondear el trazo, hacerlo más estético o, al menos, más legible. Escribo notas literarias en la Moleskine de Heidi, pero al día siguiente no comprendo la mitad de las palabras y esas ideas seminales, supuestos hallazgos del ingenio, se pierden entre letras retorcidas.

Estoy en el Honky y bebo solo. Tengo una carpeta con decenas de cedés, cada uno metido en una funda de plástico y, sobre el disco, un papel recortado con veinte canciones minuciosamente apuntadas; 1) *Respect*/Aretha Franklin, 2) *Just can't get enough*/Depeche, 3) *Good Vibrations*/Beach Boys... Nina me escribió alrededor de sesenta con su letra de chica, circular, firme y pulcra. Pienso en las cosas que Nina hacía por mí y recuerdo el discurso cuidador de Olita.

Comienzo *Matcho,* que hoy, 19 de febrero de 2017, todavía no tiene nombre, es un embrión sin forma que me inspira Lola Rosetti al leerme el retrato que escribió un año antes, «Alberto, el chico del nombre falso». Aquella tarde Lola me hace una felación minuciosa, de las que pasan la lengua por debajo del escroto y luego, al subir, te miran a los ojos. Felaciones que miran a los ojos, el placer de dar placer. Lola apoya los dos pies en el suelo y se inclina hacia mi vientre desde el costado de su cama mientras me pide que le meta un dedo por el culo. Estiro el brazo, le palpo la nalga que tengo más cerca y le abro la raja con cuatro dedos, dos de los cuales le introduzco en el ano. Cierro los ojos, siento la humedad de la boca de Lola e imagino su culo blanco mientras lo masturbo. Cuanto más deprisa muevo mis dedos, más velocidad coge la mamada. Me voy sin avisar.

Lola tiene un temperamento marcado, una mirada propia sobre las relaciones, el sexo y el arte. Es hedonista y generosa, y por eso disfruta de esa tarde, pero no duda en sacar la semblanza para devolverme la humillación que sintió el primer día que nos conocimos, un gatillazo y el desprecio que eso significó hacia su cuerpo y hacia toda ella.

Shhh se llama Sara. Se conecta con frecuencia, pero nunca inicia conversación, responde con menos rapidez de la que me gustaría y sus mensajes son cortantes y afables al mismo tiempo. No hablamos de Podemos ni de feminismo, nos limitamos a jugar un partido de tenis en el que la pelota es de la marca zasca. Ninguno de los dos se pica.

SARA Tres minutos de audio, lo siento.
YO Muere un poeta con cada audio interminable.
SARA Entonces tú estás a salvo.
YO Economía del lenguaje, por favor.
SARA Siglos silenciadas, se nos amontona lo pendiente.
YO No me empezarás a dar la matraca tú también con este rollo.
SARA Na, es coña. O no.

Me cuenta que estudió en el Liceo, que es traductora de francés, que corrigió textos literarios en no sé qué editorial y que ahora le traduce los discursos a Hollande. Le envío en el acto lo que llevo de novela, lee dos o tres viñetas y repite: «Claramente, estás a salvo».

La mirada de Olita es fija y socarrona pero no hay asomo de burla ni de desafío. Es una mirada de profesora buena, de hermana mayor, de Abeja Maya feminista. Zumba, a veces pica, pero siempre con ternura. Olita discurre a chorro limpio sobre la igualdad de género, su problema estructural y las bondades del poliamor, y se sorprende porque la escucho con interés. Cuando le doy las réplicas, me sonríe rasgando un poquito más sus ojos pequeños y brillantes, y continúa con su zumbido meloso y emancipador.

—Dar cuidados requiere empatía, comprensión y escucha y a vosotros no os han socializado en eso, os han dicho desde pequeños que se os tiene que escuchar a vosotros, tener empatía con vosotros, comprenderos a vosotros. No queréis amar, queréis que os amen, que os cuiden. No sabéis. En la comunión de un primo mío un familiar felicitó a mi padre. Mi hermano pequeño fue a apoyar un vaso de Coca-Cola en una barra que un camarero acababa de limpiar y, al ver el gesto de este, colocó debajo un posavasos que vio junto al grifo de cerveza.

Olita reafirma sus ideas con ejemplos ilustrativos.

—Y cuando este familiar lo felicita en plan «qué educaditos los tenéis», mi padre le responde: «¿Has visto? Y sin esfuerzo».

—Pero eso fue un halago hacia vosotros.

—Fue un desprecio a mi madre, que a puntito estuvo de decirle algo, pero al final se calló. —Olita bebe vino a sorbos pequeños y se le achispa aún más la mirada, que ahora me parece como de monja libidinosa—. No hay asunción de responsabilidad, es como un juego, «lo hago cuando quiero, no porque sea necesario», en la creencia de que cuando a él no le apetezca, alguien vendrá a alimentar al bebé o a limpiar la casa.

Cuando la tatuada aterriza en Madrid, Jaime suda por los cuatro costados, por el de ella, por el de la ginger, por el de la azafata y por el propio. La planificación de hábitos y horarios se le viene abajo, tiene que pasar las veinticuatro horas con ella. Ante las otras dos, me pone de excusa a mí, que se supone que me he ido de fin de semana con él a escalar o a visitar Cuenca. La paradoja es que ya no escalo con él ni visito nada más que el baño cuando coinciden nuestras urgencias fisiológicas. El señor Lobo también sirve de coartada cuando Jaime y la tatuada se encuentran en Dublín. Queda con él para hacerse cuatro fotos y enseñárselas a la vuelta a sus novias del interior. La foto la saca la novia del exterior.

Ya no pasa por casa más que ella y sus tatuajes negros. El piso de Retiro lo tiene alquilado, así que se instala en la habitación amarilla de Jaime, amarilla del tabaco que fumó su predecesor y del aire enfermo que Jaime no renueva, a pesar de contar con un balcón muy hermoso. A la ginger y a la azafata hace meses que no las veo, no sé si las esconde por vergüenza o por miedo a que yo haga algún comentario que le delate, que por la boca muere el pez, ya sea propia o ajena.

Su voz es clara, firme como la de una locutora de radio, con un deje risueño al final de las frases, como si le hicieran gracia sus propios chistes. Me llega nítida al cerebro, a golpes armónicos que me generan placer. Tardo en responder para disfrutar de la reverberación y pensar una respuesta divertida a los tres minutos de audio en que me explica la función que realizó en aquella editorial *fake* que se limitaba a imprimir manuscritos previo pago. Intento que el tono de mi voz no salga entrecortado, que suene masculino pero irónico. Dudo, y al dudar pierde la firmeza que tiene la de ella. Le entrego el poder. Se ríe a estribillos. Es música. Me genera placer. Me desquicia.

A Paula le quedan cuarenta euros en la cuenta y cinco días hasta que le entre el ingreso mensual paterno. La encuentro sentada en el sofá, con unos *shorts* y unos calcetines gruesos hasta la rodilla; come potitos. Hace una semana que se ha rapado al uno en una extraña mutación de la que tardé dos días en recuperarme.

—Son baratos, nutritivos y están ricos.

Vengo de casa de mi padre, con una tortilla de patata y media barra de pan. La comparto con ella y me da las gracias veinte veces, casi a cada bocado que toma, con un hilillo de voz cantarín, «Graaaacias, dile a tu padre que está muy buena».

—Vente mañana a comer, le digo que te prepare algo vegetariano, desde que empezó a vivir solo se ha convertido en un cocinillas.

—¿Sí? Muchas graaaacias —repite—, ¿no le molestará que me lleves de polizona?

Entró en casa en diciembre y empezó ganándose el favor de Jaime, que la lleva al restaurante donde curra a que se saque un sobresueldo haciendo extras de camarera. En Nochebuena cenó en mi casa, con mi padre, mis tíos y mis primos; en Nochevieja cenó donde Jaime, con su madre y sus hermanas pequeñas, que la adoran. Por respeto a las relaciones monógamas de mi amigo no puede meterse en su cama, y enseguida se hace un hueco en la mía para ver alguna serie. Empiezo de nuevo *Breaking Bad* con ella, que todavía no la ha visto. A veces se pierde medio capítulo por responder los cincuenta mensajes de Pof que recibe a diario.

—No quiero que se cabreen si no les contesto.

—Venga, Paula, que les den por el culo. Atiende a la puta serie.

Me siento culpable, se bajó la aplicación al leer el comienzo de esta novela y acabó hablando con tíos de mi edad. Leyó la primera temporada de la novela en media hora y le puso tanta pasión al elogio que me dio vergüenza escucharla.

Baneado de Pof por corregir faltas de ortografía, me centro en Tinder, la aplicación líder y la más transversal. Escribo un refrito atractivo que equilibre lo mediocre de las fotos: «Fui niño prodigio, como Marisol. Cero faltas de ortografía. Tengo pelazo y uso hilo dental. Mis ídolos son Lola Flores y la chica de Arcade Fire. Me lavo. Solo leo a Faulkner y a Diana Aller».

Cuando cuento la historia poligámica de Jaime, suelo captar con facilidad la atención de las chicas de Tinder, que lo juzgan y condenan en el acto. Se la narro puntualmente a Nina, la que más se indigna.

—Es imposible que ninguna de las tres intuya algo.

—Ni la ginger, que es neuróloga.

—¿Cómo sabes que no lo saben?

—Jaime lo habría notado.

—Es posible que se hagan las tontas.

—También lo habría notado.

—Qué triste —concluye Nina—. Estudiar Neurología para que un mierda te chulee.

Paula me pide libros para leer. Le dejo *El mal de Portnoy* o *El lamento de Portnoy* según la edición española que te compres. Philip Roth lo tituló *Portnoy's Complaint* pero algún editor con oído cambió la traducción por otra más rítmica. Se lo come en tres días y me lo devuelve con un *post-it* amarillo pegado en la portada en el que pone «Mil gracias!!» con rotulador fluorescente y una caligrafía muy barroca.

Me dice que el personaje le recuerda a mí y que la novela podría titularse *El mal del Matcho* o *El lamento del Matcho*.

Sara traduce «a la vista» lo que le llega de Presidencia, como si de una traducción simultánea se tratara, y eso le deja libre más de la mitad de la jornada laboral. Ese tiempo lo emplea en darle a la *app* y en traducir por cuenta propia *El amante,* en este caso con una técnica más depurada. «Mi madre nació en Burdeos, mis primeras palabras fueron en francés y a Duras me la metió ella dentro tres lustros después».

Dice que no desea humillarme, pero que, si me parece bien, puede hacer una corrección ortotipográfica y de estilo de lo que llevo de novela.

Dice que no lo hace porque le haya caído ni bien ni mal, sino porque se aburre y le gusta corregir, transformar textos, mejorarlos. «Y el tuyo necesita una reforma integral».

Mi *roomie teenager* me reclama más lecturas. Me acerco a las tres baldas que me corresponden de la estantería de Ikea que preside nuestro salón y cojo *Black, black, black,* de Marta Sanz. Tarda día y medio en acabarlo. «¿Por qué los tres *blacks* del título?», me pregunta. «Es una novela negra…». «Ya, pero por qué tres». «Hay tres narradores, tres puntos de vista». «Ostras, es verdad».

Echamos de menos a Futre, hace más de una hora y media que ha salido a dar una vuelta y todavía no ha regresado. Salimos a la calle, lo llamamos, miramos debajo de los coches porque se suele quedar recostado junto a alguna rueda, pero tampoco está. Vemos llegar a Jaime con la mochila y la ropa pasada de moda. Al entrar al portal, ya en nuestro rellano, oímos unos maullidos procedentes del cuarto de las bicis.

—¿Tenemos esas llaves? —pregunto.

—El portero me dio unas copias el otro día porque ocurrió lo mismo.

Futre oye los pasos y gime con más intensidad. Al abrir la puerta sale escopetado hacia las escaleras, sube hasta nuestro piso y nos espera en el felpudo con el cuerpo arqueado.

—Pues habrá que preguntar al portero quién es el capullo que nos lo secuestra —dice Paula.

A los dos días tengo un nuevo *post-it* pegado a un libro, esta vez con un dibujo de un ahorcado y debajo las letras GR_C_ _S.

Viajo con Jaime al pueblo del señor Lobo, que nos quiere enseñar la casa rural que ha montado su familia en una aldea del Bierzo. Paramos en un área de servicio y buscamos unos bancos domingueros para comernos las napolitanas de jamón y queso que Paula ha comprado en la pastelería del barrio. La primera mañana que coincidimos me vio entrar con una y un Aquarius y ahora, de vez en cuando, me trae el *pack* completo sin avisar. Me cuesta que acepte el dinero que ha gastado, esta vez no lo he conseguido, «es un regalo, para que no os sajen en la carretera».

Le cuento detalles sobre la infancia de Paula, su adolescencia atormentada, le muestro la imagen de su madre desnuda, bocabajo, profanando el blanco de los azulejos con la sangre, y la de su padre decrépito, sentado en el sofá, viendo el fútbol mientras una niña le dice que mamá está dormida en el suelo del baño. «Y es ella la que llama a la ambulancia». Le muestro el reloj de la caravana.

—Concuerda con el mapa de carreteras que tiene dibujado en el brazo —dice Jaime.

Fue él quien reparó en los cortes y cicatrices que tiene en el antebrazo izquierdo. Hay una con relieve, más blanca que las demás, como un accidente geográfico.

—Habría que hacer algo.

—¿Te ha pedido eso?

—Todo lo contrario.

Jaime me echa una mirada reprobatoria y me pide que meta el *pen* del Honky en la radio. Suena Paul Weller: *«I don't care how long this lasts, we have no future, we have no past».*

El inmovilismo es insostenible, en la historia de la humanidad y en la de Jaime.

—Le he tenido que presentar a mi madre.

—¿A la azafata? —pregunto.

—A la neuróloga.

—¿Por? La que te suele dar más problemas es la otra.

—Por eso, porque la ginger se lo merece más.

Jaime ha empezado a elegir.

Termino *Verano*, de Coetzee, un libro que robé de la baticueva de Eglys y que, hasta ahora, había tenido de recuerdo en un estante de la terraza. Paula me lo quita de las manos antes de que me dé tiempo a dejarlo en la mesilla de noche. Es una autoficción en que el autor se mata a sí mismo, por lo que necesita un narrador interpuesto, un periodista que escucha el relato de cinco protagonistas de la vida de Coetzee. A Paula le gusta la perspectiva y el juego que se propone y se lo lee en el tiempo acostumbrado. Esta vez, en el *post-it*, ha escrito *«Dunkie»*. Lo busco en Google, significa «gracias» en afrikáans.

Me sorprende su ingenio y su doblez benigna. Siento que me mima como nadie lo ha hecho desde Nina, y Nina desde mi padre. Pero mi padre es mi padre y Nina fue mi novia.

Ésa noche sale a comprar helados y litronas al chino. Acaba de cobrar la pensión que le pasa su padre. Me vuelve a hablar de su infancia, esta vez de las diferencias entre sus dos colegios, los dos Pilares, el mítico, en el que estuvo hasta los catorce, y el que está en el Retiro, el Santa María del Pilar, donde la empezaron a cuidar.

—Una noche me comí cinco pastillas de mi madre, un mix que cogí de su pastillero. No quería morirme, solo no despertar. Pero me desperté. En el colegio me vieron atontada, un profesor me examinó las pupilas y me llevó a urgencias. Me salvó la vida.

Al irme a la cama me olvido *Verano* en la mesa del salón y ella me lo acerca a la mesilla.

—Jaime me ha dicho que tenga cuidado contigo cuando vemos series en tu cama.

—¿Por?

—Dice que eres un depredador.

—Jaime exagera.

—Pero si tú mismo me lo estás contando todo el rato.

—Yo exagero también.

—Mentira.

La miro y me río.

—¿Por qué no has intentado follarme todavía? —me pregunta.

La decadencia llega en el momento en que solo se habla sobre el pasado. Nina y yo nos divertimos mucho hasta el final, cuando ya el fantasma del reproche diario sobrevolaba nuestras risas. El pasado tiene halitosis. En la última etapa follábamos menos cerdo, y después no nos abrazábamos. Aquella noche me dijo que la siguiente vez que nos dejáramos de ver, no podría volver más.

—Estoy quedando con el tío que me presentó mi amiga Helena en el Primavera del año pasado. Lleva meses intentando algo y me he cansado de darle largas. Me ha dicho que soy muy ocurrente y que debería escribir un blog o algo.

—Yo eso te lo he dicho siempre.

—Nunca me has dicho que me ponga a escribir.

—Me refiero a lo de ocurrente. Siempre te he dicho que lo eras, ocurrente y creativa.

—No lo recuerdo.

—Precisamente el día que volví aquella Navidad te lo repetí mucho.

—El día que lloraste como un veterano de Vietnam.

—Ese.

—Tienes tus momentos más lúcidos cuando acabas llorando.

—¿Qué otra vez he llorado?

—La noche en que te dio aquel ataque de celos y me dejaste tirada en la carretera. Primero lloré yo y luego, cuando volviste, lo hiciste tú.

—Es verdad.

—Y dijiste que eras un inseguro, un cobarde y un mierda. Y que no me merecías.

Sara no ha visto *Un asunto de amor.* Le digo que siempre he querido recrear esa historia. «Podrías ayudarme».

Yo Es un remake de un remake. Un hombre (Warren Beatty en la versión moderna) y una mujer se conocen en un avión y surge una intensa tensión amorosa.

Sara Love is in the air.

Yo Ella está casada. Él le propone verse tres meses después, margen suficiente para decidirse, en la azotea del Empire State. Si va significa que deja a su marido. Él acude, espera, se desespera y nadie llega. Esperando a Godot.

Sara Hazme el spoiler completo.

Yo Ella fue, pero no llegó. La atropelló un coche al bajarse del taxi que la llevaba al Empire State.

Sara ¿Quieres que me atropelle un coche? Y lo más importante. ¿Quieres estar tres meses sin hablar conmigo?

Yo En nuestro caso podría valer con uno.

No ha visto *Un asunto de amor,* pero a cambio me habla de *Lock and Stock.*

Sara Sale Sting.

Yo Y Vinnie Jones.

Ella madrugaba para trabajar. Yo me quedaba entre las sábanas de ese zulo de la plaza de los Mostenses, de esa pequeña oficina readaptada que debieron de dejar su par de socios cuando salieron a hostias. Se duchaba y se iba. Todas las parejas salen a hostias. Se iba, pero dejaba un rastro en la almohada que yo esnifaba hasta que el sueño volvía a someterme. A hostias, es la prueba de que somos unos egoístas, de que solo la ley nos permite salir del estado de naturaleza. Me dejaba su rastro en la almohada y las llaves en la mesilla, para que bajara a comer. Cuando salíamos, ese juego era mío, después me lo quitó.

—¿Cuántas copias le hago?

—Una de cada, gracias.

La sorprendo con una foto en la que mi padre, agachado, me abraza la cintura. Lleva una barba frondosa que no le recuerdo, pero en varias ocasiones ha contado que cuando se la afeitó, mi madre se echó a llorar. Paula me mira como si la hubiera pillado en una falta. Calculo que debo de tener dos años por esa época y que la fotógrafa tiene que ser mi madre, porque son de unas vacaciones, probablemente en Cantabria. Sonreímos a la cámara con naturalidad, mi padre porque todavía era feliz y yo porque soy un crío. Si pudiera posar así de relajado ahora, mis *matches* aumentarían. Sonreír da confianza al que recibe el gesto, aunque yo creo que las mejores personas son las que menos lo hacen. Paula agarra el lápiz de nuevo y repasa la barba de mi padre.

—¿Te va a dar tiempo a terminarlo para mañana?

Cumple sesenta y cinco, ha cocinado berenjenas gratinadas con tomate y pesto y ha encargado una tarta de tres chocolates en la pastelería Mallorca. Mis hermanos gemelos, que solo son dos años mayores que Paula, hacen bromas sobre las recetas que prepara mi padre desde que ella pasa por casa. «Nos va a volver a todos vegetarianos», «el viejo es capaz de meterla en el testamento». Les digo que ellos nacieron porque se empeñó en tener una hija. Salieron dos tíos de golpe. Al recibir la noticia, mi madre lloró más que el día en que su marido apareció con la cara rasurada. Accedió por él y él achacó a la depresión postparto todas las decisiones que tomó ella más adelante.

Le entregamos paquetes envueltos en papel de regalo de El Corte Inglés. Son todo mierdas, jerseys y cosas así, pero nos lo agradece con un beso a cada uno. La edad acentúa la mala hostia y el sentimentalismo en la misma proporción. Paula es la última. Mi padre tarda en reaccionar, se levanta y le da un abrazo en el que queda atrapada durante unos segundos.

—¿De dónde has sacado la foto? —le pregunta.

—La cogí de un álbum el último día que vine.

—Qué bien pintas, jodía, te lo agradezco en el alma.

SARA Ok, pues dentro de un mes. Dónde, aquí no hay Empire State.

YO Hay una azotea muy maja en el edificio del Círculo.

SARA Vale, dentro de un mes es… 7 de abril. Hora?

YO 7?

SARA Ok, pues ya está. Ciao.

YO Espera, oye.

SARA Qué.

YO Te has despedido un poco cortante para no hablarnos ya en un mes, ¿no?

SARA Eres un bebé, Antonio.

Me quedo dentro de su WhatsApp, para ver si sigue en línea. Sigue. Daría un brazo por saber con quién habla en cada momento y los dos por saber de qué. Borro su móvil y el registro de llamadas, elimino su chat del muro de WhatsApp y la denuncio como acosadora en Badoo (aunque no creo que la baneen). A la media hora ya tengo creado un nuevo perfil, Arcadi, treinta y tres años, guapo como el protagonista de un telefilm americano. Sonrisa algo blanda pero dulce, barba de tres días, atlético. Lo saco de Facebook, creo que es amigo de un amigo de Paula. Vive en Barcelona.

Las citas con Olita son una mezcla de ágape filosófico y sexual. La fijeza con la que me mira al disertar sobre feminismo se evapora cuando mi pene penetra en su vagina. Los iris de Olita se elevan hasta esconder la mitad de la circunferencia debajo de los párpados, como dos puestas de sol invertidas, al tiempo que se le perfila una apacible sonrisa. Ocurre cuando ella se sienta a horcajadas sobre mí, así que es su vagina la que se traga el pene, pero el caso es que esa expresión en la que la mirada desfallece y la sonrisa se manifiesta en perfecta sincronía hace que quiera repetir la experiencia cada cuatro o cinco días.

Shhh responde a Arcadi como antes respondía a Antonio. Quizá con mayor premura, quizá, al principio, en un tono más complaciente. Yo tampoco utilizo el mismo tono con Olita que con ella. A Olita no le tengo miedo. Arcadi comienza siendo agudo, pero Antonio se da cuenta de que, si mantiene el mismo registro, sumado a las fotos de modelo de bañadores, no hay estudio que valga. La gracia está en comprobar si Shhh es «sapiosexual» o si, para un revolcón o dos, prefiere a un tío bueno, aunque tenga dos dedos menos de frente. La gracia, en realidad, es aliviar el mono, mantenerla distraída con un personaje ficticio y evitar que se centre en uno real.

Olita se sopla el mechón que le cruza la frente mientras me sonríe con ojos chisposos. Lleva el pelo por encima de los hombros, se ha teñido las puntas de rojo y me pregunta si me gusta. Habla bajito, con una voz suave, pero encadena una palabra detrás de otra como si no le fuera a dar tiempo a terminar todo lo que me quiere contar, como si me quisiera acunar con una canción punk. Me gusta escucharla y lo hago con atención para no perder el hilo de su razonamiento, que muchas veces incluye terminología sociológica y otras puramente feminista.

—¿Tú no eras de ciencias?

—Pero leo ensayos, artículos y demás textos que circulan por ahí.

Da clases de biología a niños de primaria, y se le notan las tablas a la hora de desarrollar sus ideas, no necesita preguntarme si comprendo sus argumentos porque sabe que se explica bastante bien y porque siempre respondo con coherencia.

Sigue sonriendo como si el placer le pillara por sorpresa, como si fuera un bebé que prueba el chocolate por primera vez.

—Y bien, ¿qué rol me asignas, el de madre o el de puta? —me pregunta.

—¿Cómo?

—Los hombres dividís a las mujeres según el papel que cumplimos en vuestras vidas.

—Entonces te tendría que asignar el de puta.

Olita apoya la mejilla izquierda en mi abdomen. Me la agarra con una mano y posa la otra en la base de los huevos, acariciándolos con delicadeza, como si los fuera a incubar. Me crece. Ella saca la lengua y la pasa por el frenillo, por el cuello del glande, por su surco inferior. Se detiene para decirme que eso solo lo hacen los hombres simples. «El qué», le pregunto. «Dividirnos».

Arcadi se interesa sin disimulo por los chicos con los que Sara habla en Badoo, con los que ha quedado, con los que se ha reído, ilusionado, con los que ha follado. Ella le habla de alguno que otro interesante. Arcadi porfía y le interroga sobre conversaciones más recientes, los últimos usuarios sugestivos con los que ha hablado. Aparece el diyei.

Arcadi Diyei? Vaya mierda de profesión.

Shhh Parece un tío interesante.

Arcadi Pero no te lo vas a follar.

Shhh Quizá lo haga.

Arcadi A mí no me hace falta parecer interesante.

Shhh No lo pareces. Hubo uno que hilaba razonamientos complejos con la naturalidad con la que mi abuela cosía. Era difícil de seguir.

Arcadi El diyei?

Shhh Otro.

Arcadi Me interesa el diyei.

Shhh Es caótico e inmaduro, imposible confiar en él para algo serio. Pero oye, no seas tan cansino.

Pagamos Netflix entre los tres. Jaime y Paula ven *Cosmos* y Paula y yo *Breaking Bad.* Le gusta pegarse a mí y cubrir las piernas con la típica mantita. Tenemos calefacción central, pero si fuera por ella encenderíamos una hoguera. Entra Jaime, que cierra siempre la puerta con cuidado, se quita la bandolera y la posa en la mesa que perteneció al señor Lobo.

—He dejado a la azafata.

Paula para la serie y le pregunta si saca las palomitas.

—No da para mucho. Ha insistido primero en por qué no me iba a vivir con ella, le he dicho que me gusta ser independiente y hemos discutido sobre el concepto de independencia.

»Bueno, pero un Calippo sí me tomo.

—El de Estado Asociado es mi preferido —digo yo, que aprovecho para quitarme la mantita.

—Y cuando he logrado que me dejara en paz con ese tema, ha exigido conocer a mi madre.

—Tu madre iba a flipar —grita Paula desde la cocina.

—No está preparada para tener dos nueras del mismo hijo, yo creo.

—Pues nada, muy bien, ya solo te quedan dos. Eso es pan comido para ti, Yeimi —le digo mientras le vuelvo a dar al play.

Paula recoloca la manta y la alisa sobre mis piernas mientras lame su Calippo de fresa.

Arcadi es concejal por el PP en un municipio de Madrid. Se queja de la intolerancia de muchas chicas de Badoo, algunas le insultan y le retiran la palabra. Propone sexo. Shhh le responde que cuando llegue a ministro. Arcadi dice que es notablemente más atractivo que sus competidores, que liga lo que quiere y como quiere. Shhh ríe, Arcadi insiste. Es doce de marzo, lleva tres días hablando con ella, pero Arcadi decide quemar las naves. Es Antonio el que quema las naves de Arcadi en su afán de recibir respuestas, de detectar alguna diferencia en la actitud de Shhh.

ARCADI ¿Has hecho sexting alguna vez por aquí?
SHHH Alguna.
ARCADI ¿Te pone cachonda?
SHHH Depende del contexto...
ARCADI Pero te masturbas cuando lo haces.
SHHH Tú qué crees.
ARCADI ¿Te gusta chupar?

Shhh Olé.

Arcadi ¿Y que te coman el culo?

Shhh Creo que la conversación empieza a coger un tono algo forzado.

Al día siguiente no encuentro la foto del Gobi en la primera posición de mi muro de Badoo. «Usuario eliminado».

Veintiséis días sin saber nada de Sara. Me siento estúpido, es una mujer que ni siquiera he olido.

Por esos días fui con Nina a comer al Rey del Pollo, el bar favorito del señor Lobo.

—Al Lobo le pones un bar con tres dedos de grasa en la repisa y pierde el culo —me dice.

Candi, el dueño, nos trajo las dos jarras de cerveza de medio litro que habíamos pedido con la comida. Hablaba como si acabaran de darle el alta en un frenopático falto de camas.

—¿Vais a querer pan con las alitas? —preguntó con una sonrisa pueril.

—¿Cuántas vienen?

—Catorce.

—Venga.

Esa tarde decidí contarle a Nina que estaba escribiendo una novela y que ella era la protagonista.

—Yo y cuántas más.

—Las que pida el libro, esto es como cuando cueces el arroz, que te va pidiendo la sal. Por lo menos a mi abuela se la pedía.

Nina siempre hacía el mismo gesto cuando algo que yo decía, la divertía y la cabreaba al mismo tiempo, sonreía con los ojos y torcía la boca.

—Haz lo que quieras, pero trátame con respeto, dignidad y justicia, como a las víctimas del terrorismo.

Candi trajo a los quince minutos la bandeja de metal y se cuadró ante nosotros con su bata blanca llena de mierda.

—¿Algo más, señores?

—No, puedes descansar —le dijo Nina.

Contamos el número de alitas y, en efecto, eran catorce.

—Tiene la precisión numérica de los locos —comentó ella—, tipo Rain Man cuando se le caen los palillos.

En la primera alita ya me goteaban los dedos de una grasa densa como el petróleo.

—Este cambió el aceite de la freidora la última vez que el Atleti ganó la Copa de Europa.

—Nunca hemos ganado la Copa de Europa, Nina.

—Por eso.

—El caso, que te trataré con el amor que te profeso, pero tendré que ser objetivo.

—Antonio, lo nuestro es como aquella escena de *Los Simpson,* cuando van a terapia Homer y Marge y el psicólogo le dice a ella: «es la primera vez en mi vida que tengo que decir que uno de los dos miembros de la pareja tiene el 100% de la razón».

Son las diez de la noche. Tengo a Futre tocándome los cojones. Las patitas delanteras me presionan los testículos mientras chateo por Tinder. Recibo un mensaje de WhatsApp de Paula. Me pasa un número desconocido del móvil.

PAULA Es de un tío de Pof, me voy a su casa.

YO ¿Cuántos años tiene?

PAULA Menos que tú, papá.

YO ¿Cuántos menos?

PAULA Uno.

A las dos me dice que se va a duchar y a coger una bici municipal para volver a casa. Está en Cuatro Caminos y hace frío. Desde la terraza se ven bailar las copas de los árboles. Cojo las llaves del coche y le pido que me espere en el cruce con Santa Engracia. Tardo nueve mensajes en convencerla, el último escrito ya a dos semáforos de la glorieta. En lo que tarda en llegar golpeo el volante con las palmas de la mano al ritmo de una canción de los Buzzcocks y pienso que me gusta que me haya escrito a mí y no a Jaime, que estaba en su cuarto, jugando al *War Fight One High*.

—Hueles a viejo.

—¡Pero si me he duchado!

—El olor del sexo de los viejos no se quita con una ducha.

Me pregunta por Sara para cambiar de tema, le cuento la historia de la peli de Warren Beatty, me escucha, me dice que es superdivertido y se ríe.

—Ojalá se presente —me dice.

Paula tiene un perfil *fake* en el que se ha sumado once años. Es cierto que aparenta más pero el tío debe de ser muy tonto como para no distinguir a una adolescente de una chica que roza los treinta.

—Me he tenido que inventar media vida. Por unas horas he sido licenciada en Psiquiatría.

Se ha sentido bien con él. Ya en casa empezamos la segunda temporada de *Breaking Bad,* recostados cada uno en un lado del sofá.

—Quiero volver a quedar, pero no le quiero seguir mintiendo.

—Dile la verdad.

—Se va a cabrear.

—No, querrá follarse a una niña.

—Ya se la ha follado.

—Pero sin ser consciente de que lo era.

Le digo que le mande una foto de su DNI y lo hace, junto al icono de WhatsApp que tiene las palmas juntas. El tío se hace el ofendido.

POFERO Hola, 1998?

PAULA Es para que veas lo guapa que estaba con el pelo largo. ¿La edad importa?

POFERO Ojalá fuese solo un número.

Paula pierde la mirada detrás de la pantalla del ordenador, como si la atravesara. Me vibra el móvil.

—¡*Match!*

—«Match-o», déjalo ya.

Se apoya en mi regazo y se duerme antes de que la novia gótica de Jesse Pinkman muera a lo Jimi Hendrix. Ya tiene dos dedos de pelo en lo que hasta hace poco era una pelota de fútbol. Mañana tendré que ver el final de la segunda temporada por tercera vez.

Olita me habla de un *best-seller* de Lavapiés llamado *Feminismo para principiantes* y me regala *La mujer rota*, y Feminista3 *Teoría King Kong*, un libro que se ha puesto de moda en estos dos últimos años por tener un discurso feroz y poco complaciente incluso con una parte del feminismo, como la que condena la prostitución. «Las feministas somos diversas», la frase con la que Olita zanja cualquier acusación de disensión o cisma. Me leo el último de los relatos del libro de Beauvoir y me engancho al lenguaje directo y ágil de la narradora, a sus contradicciones morales con respecto a los celos y la infidelidad de su marido, a su dolor y a su marcada personalidad. Feminista3 es tierna y feroz al mismo tiempo, Olita es tierna siempre, pero firme, como su mirada, una firmeza de acero cálido. Feminista3 es algo más joven y repasa sus pecados de adolescente patriarcal; le duele haber sido más exigente con una madre que la crio que con un padre que la desatendió, le jode haber entrado en un juego de celos irracionales con su primer novio y le frustra enormemente no ser lesbiana. «A ver cuándo encuentran la cura de la heterosexualidad», me dice. Lo intentó, pero no sintió ni frío ni calor. Feminista3 folla con desenvoltura falocéntrica, con hambre de días y con un desapego emocional que me hace añorar a Olita. Cuando termino, me pide más. Yo me recupero del combate de judo y pienso que me debería pasar a la categoría de veteranos. Feminista3 hace chistes sobre el poliamor, pero no acepta una provocación carnívora, a Olita le molestan las bromas sobre el poliamor, pero su dieta es flexible. Feminista3 me dura tres telediarios.

Entra Paula en casa con Futre. El portero le ha abierto el cuarto de las bicis. Es la segunda vez que lo sacamos en lo que va de semana. Algunos vecinos protestan cuando ven al gato en el portal, esperando a que le abran, o en el rellano, esperando a que le abramos nosotros. Está dejando de subir por el balcón de Jaime, quizás porque está más gordo, o más vago, y alguna vez nos lo encontramos inquieto en la calle cuando volvemos de fiesta. Cuando suena el timbre de casa sabemos que es un vecino avisándonos de que Futre está en el felpudo.

—Dice que a la mayoría les hace gracia, que lo llaman por su nombre y se están encariñando, pero que tres o cuatro ya le han comentado que no puede campar a sus anchas.

—¿Y quién es el que más protesta?

—El del quinto, un tío que sale casi todas las tardes en bici, curiosamente.

—Pues ya le tenemos.

—Igual no se da cuenta. El gato le sigue y cierra sin saber que se queda dentro.

—No seas ingenua.

—Por cierto, ¿por qué no guardas tu bici en el cuarto ese en lugar de ocupar la terraza de la cocina?

Evalúo el nivel de aceptación de Arcadi en el resto de perfiles de Badoo. Chicas que no me habían contestado en el mío original le dan una cancha bárbara a este capullo. Chicas que a mí me habían dicho que no buscaban sexo se abren ante el modelo *fake*. Me vuelvo a sentir celoso de un perfil falso. Encuentro a Estef, la azafata, e intercambio unos mensajes cortos y ácidos con ella, que se engancha enseguida a la conversación.

ESTEF Me he reído (fuerte) con tu descripción.

ARCADI ¿Y no te duele la tripa?

ESTEF Tengo unos abdominales de Diosa griega.

ARCADI Qué sexy.

ESTEF Eres de frase corta.

ARCADI El ritmo narrativo depende de la combinación de frases cortas y largas.

ESTEF Muero de amor. Igual me sirve la información, soy azafata, pero mi sueño es escribir un libro.

ARCADI Tienes buen manejo de las lenguas entonces.

ESTEF Hablo perfectamente el castellano, el inglés y el francés. Y me manejo en alemán e italiano con buen nivel.

ARCADI Pues ya puedes escribir un mal libro en cinco idiomas.

ESTEF Me estás cayendo bien y mal al mismo tiempo, no sé cómo lo ves.

Me cuenta que ha tenido dos parejas largas, un hippy que vivía de hacer malabares en semáforos y eventos variados y un cocinero que conoció por aquí y que la ha dejado sin discusión previa, sin motivo aparente y de un día para otro. Llegamos a la conclusión de que no se puede uno fiar de los cocineros.

ARCADI Entonces este te ha dejado tocada.

ESTEF No te creas, quise más al primero, ya hice callo.

ARCADI Y por Badoo qué tal te va, has follado mucho?

ESTEF Qué va, soy exigente, si no me lubrican el cerebro tienen que pillarme en un día muy bueno.

ARCADI Venga, confiesa, cuántos desde que el inflabollos te dejó.

ESTEF Pues uno. Pero estaba demasiado falto de cariño. Al acabar me dijo que me quería.

ARCADI Qué precoz.

ESTEF Sí, eso también.

YO Y qué le respondiste?

ESTEF Que eso no se puede saber después del primer polvo. ¿Y sabes qué me contestó el monguer?

ARCADI Cuéntamelo, por favor.

ESTEF «Entonces te quiero querer». Mal rollo…

—La azafata está en Badoo.

—¿Cuándo la viste?

—Hace dos semanas. No sabía si decírtelo.

—Qué hija de puta, ni un mes de luto me respeta.

—Igual lo ha hecho porque te echa de menos.

—Sí claro, va a luchar por nuestro amor desde su nuevo perfil de Badoo.

Es jueves, son las siete de la tarde del siete de abril, y el primer calor de la primavera pica bajo la cazadora. He llegado media hora antes, dudo entre subir a la azotea y calmar la ansiedad disfrutando de las vistas del centro de Madrid, o esperar abajo y verla aparecer sin que ella se dé cuenta, colocarme a un par de metros detrás de su culo, observar cómo se mueve, si me busca nerviosa, si sus ojos expresan seguridad o son los de un cordero al que llevan al matadero. Si espero abajo quizá no la reconozca, quizá la confunda con otra chica alta de pelo claro y persiga a la mujer equivocada. Lo mismo la mujer equivocada es Sara.

Pago cuatro euros a fondo perdido. Es probable que esté en estos momentos liándose con otro, pero es mi juego, me arriesgué a quedarme plantado como Warren. Solo espero que, si no se presenta, no sea porque la haya atropellado un taxi. Paseo por la entrada del Círculo y miro los libros que se exponen en uno de los escaparates. Casi todos son de arte, voy al otro, vuelvo a la acera, miro la calle en dirección a Alcalá, no la veo y subo las escaleras que desembocan en el *hall.* Hay cola. La busco entre las cinco chicas que esperan para pillar el ticket. La azotea ha cambiado desde la última vez que subí, ahora hay una terraza de modernos donde sirven cócteles. En la altura baja han dispuesto filas de tumbonas de ratán negro donde los guiris toman el sol, en la alta está el bar y un espacio forrado de césped artificial con otras cuantas tumbonas. El resto lo ocupan mesas altas de madera con banquetas alrededor. La exposición de fotos trata sobre los refugiados sirios, pero nadie parece prestarle demasiada atención. Hay mucha luz. Unas cuantas personas se asoman a la panorámica que ofrece la terraza; si no eres miope puedes ver con claridad hasta la sierra de Guadarrama. Suena de fondo una canción de un productor austriaco que fusiona el swing con la música electrónica. Han pasado nueve minutos de la hora indicada y me empiezo a resignar. Recorro la agenda del móvil en busca de alternativas. Miro a la calle, no se aprecia ningún taxi; tampoco suena la sirena de ninguna ambulancia. Al dirigirme hacia el ascensor la veo entrar. Tarda en encontrar el ticket, se mira hasta tres bolsillos antes de dar con él. El de seguridad espera con paciencia, mirándola. Es alta y, a pesar de los nervios, tiene actitud de aplomo. Me alejo hacia la zona de las tumbonas para poder observar sus movimientos con libertad, pero cuando la vuelvo a buscar ya camina hacia mí.

—¿Te querías escapar?

Nos sentamos alrededor de una mesa alta, ella, que me mira tras unas gafas de sol, con la espalda recta. Mece la pierna que tiene cruzada sobre la otra, viste vaqueros y Converse. Tengo la sensación de ser más consciente de lo que pasa en mi interior que de lo que sucede fuera, ese embotamiento de los sentidos por el que se oye más el rumor de las tripas que las palabras de la persona que tienes enfrente. A la segunda risa que le saco, logro relajarme un poco.

—Que sepas que he acudido a la cita esta loca que te has montado porque soy buena persona y para decirte que ya tengo la corrección terminada, pero pfff…

—Oye, nunca te pregunté por qué trabajas para la Presidencia de Francia desde Madrid.

—Viajo y teletrabajo. Vivía allí hasta que hace unos meses el padre de mi hijo me obligó a cambiar de ciudad.

La noticia me descoloca. Me enseña una foto de él, rubio, greñudo, con una camiseta de tirantes, de unos siete años.

—¿Cómo se llama?

—Para ti, Kurtco.

Hay mucha luz, a pesar de que queda tan solo una hora para que se ponga el sol, hay una luz que ciega. A las nueve cierran la terraza en horario de verano. Hay cola para bajar por el ascensor, así que lo hacemos por la escalera. La baja deprisa, como si tuviera prisa por terminar la cita.

Me despido de la madre de Kurt Cobain. Cogemos el metro cada uno en un sentido y le escribo desde el andén de enfrente.

Yo ¿Cuántos candidatos tienes ahora, después de un mes?

Sara ¿Y tú, detrás de cuántas andas?

Yo Yo siempre ando por delante.

Sara Pfff.

Yo ¿Qué te parece la metáfora «tenía un culo alto y redondo como un sol de mediodía»?

Olita No sé, es rara. No me llega.

Yo ¿Machirula, viejuna…?

Olita Un poco, pero es propia del personaje que te has creado, o que tú mismo eres ya. Cualquier descripción de tía buenorra te va a quedar cosificadora. Yo no comparto el antipiropismo, solo creo que debe ser reversible y oportuno (contexto/consentimiento).

Yo Si ni siquiera es un piropo. Tengo que describir a Sara en la novela.

Olita Lo que sea. Establecer un límite entre la cosificación y la libertad sexual es complicado.

Yo Pero ¿cómo le voy a pedir consentimiento a un personaje?

Olita Qué personaje, si ella existe.

Yo Ya estamos, es un personaje literario.

Olita Si el 90% de lo que cuentas es tan cierto como que nos vamos a morir todos antes de que la termines.

Cada vez tengo más eventos fuera del Honky, así que me busco una cobertura de confianza. Paula lo pilla al vuelo y en tres semanas, con un par de listas orientativas que se copia a boli en un papel, se hace con la cabina sin problemas.

—Si te entran ganas de mear, pon *Common People.*

—¿Y no puede ser *Paradise City*, que dura medio minuto más?

—Solo si estás en la última media hora.

—Lo que usted mande.

Se dirige a la barra para pagar la cuenta. Tiene un culo alto y redondo como un sol de mediodía. Es una mujerona, que diría mi padre. Salimos a dar un paseo por el parque Eva Duarte, cerca de su casa. Unos treintañeros practican skate mientras escuchan NOFX, Green Day y Blink. Me dice que nunca le gustó Blink, que en aquella época salía por locales góticos como el Heaven y el Strong.

—En el Strong había un rollo raro, la gente acababa como en trance, bailando poseída alrededor de una puta columna. Un día me llevé a mi hermano y me dijo que bailaba como si me estuviera follando a la música.

—A mí en el Honky lo más que los pijos me dejan poner es el *Du Hast* de Rammstein y el *Beautiful People* de Manson.

Sara saca un pliego de hojas con cientos de palabras remarcadas en rojo y amarillo y otros tantos comentarios.

—Quiero verte bailar vestida de gótica.

—Vas a tener que esperar mucho para ver eso.

—¿Y para metértela?

—También. Y ahora me largo, que me toca Kurtco dentro de un rato.

Me divierto más usando el perfil de Arcadi para hablar con Estef que el mío para intentar sacar un encuentro fugaz con alguna vecina.

Estef O sea, que tú haces check y pasas a otro perfil, ¿no?
Arcadi Qué tienes en contra del hedonismo desbocado.
Estef He conocido un par de chicos con esa actitud. Dan una sensación algo esperpéntica.
Arcadi Dame nombres.
Estef ¿Nombres? Si no los conoces.
Arcadi Dámelos, como si fueran personajes de una novela, así se me quedará más grabada la historia.
Estef Antonio y David.
Arcadi Los dos juntos hacen un guardia civil. Háblame del primero.
Estef Es el mejor amigo de mi ex, no le tocaría ni con un palo. Todo el día fichando tías, un poquito de productividad, joder.
Arcadi Igual tiene productividad, pero sexual.
Estef Se me quedó grabada una frase que dijo, que le dijo a mi ex, vamos, yo he cruzado dos palabras en tres días con él: «Prefiero follar por primera vez con una chica que no me guste que repetir con un pibón con dos carreras».
Arcadi Yo esa frase la habría estructurado de otra manera.

Decido borrar el perfil de Arcadi. No me cae bien y no me proporciona ninguna alegría.

Ceno en un restaurante transgénero con Olita. Algunas personas me miran con extrañeza, como si fuera un forastero, que igual es lo que soy. Ella me regaña con cierto maternalismo por no importa qué chiste sobre el choripán y Carla Antonelli. No vale con ser de izquierdas. Le contesto que a su lado me siento Donald Trump. Se ríe.

—¿Sigue la azafata en Badoo?

Me meto en mi perfil y filtro por edad.

—No la veo.

—He vuelto con ella.

Nina accede a leer fragmentos de la novela en los que no interactúo con otras chicas, los suyos, los de Jaime y Lobo y los de Futre. Me reenvía un word en el que ha subrayado en rojo lo que no le gusta, como un 30%. Me tacha «el amor es una llamarada que no sobrevive el resplandor de su consumación».

—Pero si ya he señalado en el texto que odias esa frase.

—Por eso la subrayo.

Hacerme pasar por escritor me ha servido para atraer la atención de alguna que otra chica ingenua, pero no para impresionar a Nina. Me devuelve una caricatura de mí mismo, un texto disminuido y una sonrisa que está entre la ironía y la indulgencia, y que acaba siendo un navajazo a mi ego de creador novel.

—Los diálogos te salen fatal.

—Pues intento que sean muy naturales.

—Fatal. Deberías escribir una novela sin diálogos.

—¿Cómo no voy a meter diálogos en una novela coral? Además, hacen avanzar la narración.

—No hagas teoría literaria conmigo.

A Nina no le gusta la voluta barroca, el esteticismo ni el lirismo descubierto. No le gustan mis adjetivos ni, por lo general, el realismo mágico.

—¿No te gusta *Pedro Páramo*?

—No.

—¿Ni García Márquez?

—Me gusta *Crónica de una muerte anunciada,* que es corta y va al grano. Y el cuento ese en el que roban las bolas de billar. ¿O ese cuento es tuyo?

Yo escribí una secuela de *La siesta del martes,* que iba sobre otro ladrón, plagiando la voz del colombiano lo mejor que supe, en un ejercicio de la Escuela de Letras. A Nina le gusta la cara de postguerra de Delibes y sus personajes castellanos, la cara de preguerra de Buero Vallejo y el realismo arrabalero de Marsé. Marsé le gusta mucho, y el Pijoaparte más, que lo querría de novio. Luego lee a Sontag, a Capote y biografías de estrellas de Hollywood.

Chicas ingenuas o chicas con inquietudes que no se atreven o no saben decirme que una metáfora es una cuerda floja en la que, si te mantienes, triunfas, pero si pierdes pie, te puedes matar.

—Te sale una de cada diez. Yo renunciaría a ellas también.

Walk the line, el biopic de Johnny Cash que me descubrió Nina cuando estaba empezando a pinchar. Nina estudió Políticas, pero casi toda su cultura es autodidacta. El empujón intelectual se lo dio su padre, parroquiano de una tertulia literaria galvanizada por el busto de Torrente Ballester.

—Es como el de Hemingway en El Floridita pero aquí la gente no se hace fotos con él.

—Pues Torrente se meaba en la barba del otro, que era un soso.

—Pero sabía escribir diálogos.

Lo que tiene Nina es un gusto innato para cualquier manifestación cultural, ya sea sobre cine, moda o youtubers. Es intuición. O talento. Es sentido estético.

—No es que no haya cosas de ti que me gusten, es que no me permito decírtelas.

También está empezando a leer feminismo.

No le gusta que emplee la palabra fuliginoso, cosa que puedo entender, pero tampoco me deja decir gaznate o etimología y así me va adelgazando el diccionario.

—Es que usas palabras anticuadas, o poco cotidianas, y a la gente se le hace bola.

—Arcaizantes.

—¿Ves?

—A ti luego te gustan los escritores del terruño, que usan un lenguaje de mediados del xx.

—¡Porque vivieron a mediados del xx!

«Because you're mine, I walk the line».

Vemos el Barça-Madrid Jaime, Paula, una pareja de amigos que viven en Segovia y yo. A Jaime, que hace dos años hablaba con alegría de su harén, le empieza a incomodar que su historia esté en boca de la gente. La chica de la pareja le recrimina en tono cariñoso que lo haya alargado tanto tiempo. Su novio se ríe. Paula no toca nunca ningún tema que le pueda molestar, y menos en ese preciso momento, que acaba de marcar Rakitic y a Jaime se le encienden los carrillos.

Nuestro amigo le pregunta qué estrategias usa para que no le hayan pillado todavía. Jaime lo ejecuta mejor de lo que se explica, porque el relato queda vago y poco realizable. Le cuenta que simula ser un detractor absoluto del WhatsApp, que se inventa viajes, que pone a sus amigos de coartada, que nunca pisa el barrio de ellas con otra, que como comenzó a la vez con las tres, siempre ha tenido un comportamiento coherente y nada les ha extrañado nunca, que se ducha a conciencia y que tiene un máster en detección de pelos traicioneros.

Empata el Madrid en el minuto ochenta y cinco, Jaime lo celebra con los puños cerrados y solo los abre para coger la última porción de pizza. El chico pregunta qué hace si le piden fotos de los supuestos viajes. Su novia le pide a Jaime que no le dé más ideas e insiste en que tiene que tomar una decisión. Jaime dice que él es monógamo, que no le pone los cuernos a ninguna de las tres con otras chicas, que no es por sexo, que de hecho está hasta los huevos de tener que follar el triple que cualquier otro tío que tenga pareja.

—Antonio lleva tres años coleccionando cepas de VPH por ahí y no le decís nada.

—Yo no engaño a nadie, tronco.

—O a todas a la vez.

—Yo suelto una mentira venial de vez en cuando y por gusto, tú cuarenta gordas cada día.

—Me dijiste que no me juzgarías.

—Hace dos años y medio de eso. Y nadie te está juzgando.

El Barça marca el tercero. Encima es de Messi, el tío al que más odia junto a Albert Rivera y al farmacéutico del barrio, que vende homeopatía. Paula saca el Trivial Feminista. Todos preguntamos qué mierda es esa, así que vuelve a su habitación para ponerlo en la estantería de donde lo ha cogido. Regresa con el Mikado y esparce un montón de palos de diferentes colores sobre la mesa.

—Pues yo quiero jugar a algo, que el partido me está aburriendo mucho.

—Claro que sí, una cerveza para Paulaner —dice Jaime, y finge rascarle la cabeza con los nudillos.

Sara me hace una corrección minuciosa, tan minuciosa que me abruma. Aparte de quitar erratas, arregla los guiones, las comillas y las cursivas, entra de lleno en el estilo, en la microescritura, en las comas, en las redundancias, en las incoherencias, en el registro lingüístico de los personajes.

Yo Te lo has currado mucho.
Sara Me gusta, ya te lo dije. Y tienes que exigirte más.
Yo Va, no me regañes.

Sara Y esos «va» en todos los personajes hay que quitarlos. Contaminas los diálogos con tus coletillas.

En sus comentarios aparecen críticas constructivas como «abusas de esta palabra», «compacto me suena a coche», «mejor macizo», junto con latigazos como «esto es bof», «vaya tela», «sin comentarios», «vergüenza ajena» o «jajajaja». Simplifica el estilo, ordena las frases, recorta el texto, elige términos más precisos y me explica el significado real de algunas palabras que no debo de tener demasiado claras. Obedezco en un setenta y pico por ciento de las correcciones, discuto alguna y estoy en desacuerdo con las menos. Me prohíbe usar «conato», «sobrevenir» o «transcribir», porque las uso mal.

Es otra Nina de la época en que todavía no hacía sangre. Cumple su función a golpe de bisturí, más allá de alguna pulla o vacile que le hace el trabajo más ameno.

Yo Transcribir por qué.
Sara Porque no sabes lo que significa.
Yo Pero ¿cómo no voy a saber lo que significa transcribir?
Sara Lo usas mal.

No emite juicio moral.

Yo Y «bof» qué coño es.
Sara La interjección francesa para la mediocridad.

Somos niños, niños que han rechazado a sus padres. No nos vale su cariño, pero necesitamos que alguien nos arrope cuando tenemos frío, que nos ponga el termómetro cuando tenemos fiebre, que nos cuente un cuento cuando tenemos miedo. Necesitamos que alguien nos cuide sin tener que devolver nada, que lo hagan de manera incondicional. Esa droga ya es difícil de conseguir. No se sustituye el amor maternal con metadona. Tinder es metadona. Reclamo la atención de Olita, de Sara en un grado mayor. Heidi y Estrella reclamaron la mía en su momento. Hay mucha metadona en el mercado, a veces se consigue barata. Paula me la concede, la atención, el cuidado. Es el que más se parece al maternal así que solo lo correspondo en días pares.

Cada vez se hace más sesiones, cada vez come menos potitos. Últimamente me están llamando mucho de un local de *teenagers* donde las camareras se suben a la barra a bailar cada tres cuartos de hora, reparten palitos fluorescentes a los chavales y les dan de beber cerveza gratis de un embudo. Me piden las canciones por favor y me dan las gracias, aunque les diga que no las tengo. No sé si están todos muy bien educados o si respetan la diferencia de edad. Cierran a las tres y media, así que puedo subir al Honky a ver los progresos de Paula, que se lleva cuatro *pens* por si le fallan dos. Cuando yo empecé no teníamos platos con entrada de USB, así que tuve que pedirle a Nina que…

Le quito los cascos nada más llegar porque está sonando *I Follow the Rivers* y la quiero mezclar con *La revolución sexual* o con *A Little Less Conversation.* Se sienta en la banqueta con los brazos cruzados y me rechaza los auriculares cuando termino de bajar el *fader* de la canción de Lykke Li.

—No, ahora pinchas tú, si lo hago tan mal.

—No, coño, ¿quién ha dicho que lo hagas mal?

—Qué poco tacto tienes, de verdad.

Futre no está en casa. A esas horas es raro que no esté dentro si no nos lo hemos encontrado en el portal. Bajamos las escaleras hacia el sótano y oímos los maullidos, amortiguados por la puerta del cuartito.

—¿Pero este hijo de puta sale en bici también por la noche? —le pregunto.

Abrimos y el gato sale disparado, como de costumbre. Doy la luz. Cuento siete bicis de montaña, una de carreras y cuatro infantiles.

—Es la azul —me dice Paula.

—¿Cómo lo sabes?

—Me lo ha dicho el portero. Quiere mucho a Futre.

Tiene un seguro de titanio que une la rueda delantera con la trasera a través del cuadro de la bicicleta, así que la cargamos entre los dos hasta la calle. Paula la tiene cogida del manillar y yo del sillín. Enfrente de casa hay un contenedor de escombros que ocupa dos aparcamientos.

—¡Arriba con ella! —grita como si fuera un costalero de procesión.

—¡¡¡Guapa, Guaaapa!!! —grito yo.

Entramos en casa, Paula rellena el comedero de Futre y miramos cómo se lo termina.

—Perdona por haberte quitado los cascos de esa manera.

—Vale, pero no lo vuelvas a hacer. Tienes que empezar a respetarme.

Quedo en los Verdi con Sara para ver el biopic de Marie Curie. Ella elige la peli y yo le alabo el gusto.

—Yo soy muy de biopics, le proporciona a uno una culturilla muy práctica en hora y media.

Tengo un enganche físico, casi adolescente, con Sara. Antes de quedar con ella, siento la misma ansiedad que cuando mis padres me llevaban al Parque de Atracciones. Llega, me sonríe y me quedo pasmado un rato, mirándola. No es Nina, no me siento tan cerca, pero no voy a renunciar a esa sensación, a esa regresión a la época donde las cosas se daban por primera vez.

—¿Te quitas los zapatos en el cine? —me pregunta extrañada.

Nos damos la mano, cuando la suelto es para acariciarle el brazo, me inclino hacia ella y, a veces, le paso el dorso por la mejilla. Me llega su olor. De la peli pillo más la parte humana que la científica.

—Menudos mendrugos tus compatriotas, boicoteándole el Nobel por supuesta adúltera.

—Yo soy española, y aquí igual la habrían tirado de lo alto de un campanario.

Sara exhibe su doble nacionalidad en algunas ocasiones y en otras la obvia.

—Me gustaría hacer algo contigo, una creación conjunta, como esos dos. He pensado que podría ser una buena idea que tú escribieras la continuación de *El lamento del Matcho, El lamento de la Hembra,* y que se publicaran en un mismo volumen con portadas invertidas, ¿qué te parece?

—Una idea de marketing infalible. Pero no se llamaría así ni de coña.

—¿Entonces te mola la idea? Un punto de vista masculino y otro femenino.

—¿Intentas instrumentalizar a todas las tías que conoces?

—Eso lo hace Jaime, que se ligó a una óptica para sacarle unas lentillas gratis. La Afflelou, la llama.

—¿Siempre te escudas en los desmanes de tu amigo?

Al salir la empujo hacia un portal, o la porto, porque la llevo agarrada, pegada a mi cuerpo. Cuando su espalda hace tope con la puerta, le doy un beso de película. No para de reír, pero tampoco deja de responder a mi beso. Abre mucho la boca, casi tanto como cuando sonríe.

—¿Y este comportamiento tan primario?

Opino que los mayores de sesenta y cinco años no deberían tener derecho al voto. Mi padre se toma el comentario de manera personal. No lo es. Es una creencia firme. No comprendo por qué, cuanto más cerca estás de la muerte, más miedo le tienes a la vida. Le digo a mi padre que Ortega y Gasset estaría de acuerdo conmigo. No he leído *La rebelión de las masas,* pero creo que algo tiene que ver con eso. En cualquier caso, mi padre ni siquiera sabe que ese libro lo escribió Ortega. Creo que mi padre sigue enamorado de mi madre y creo que eso es, a la vez, tierno e injusto. Cuántos maridos que no aman a sus mujeres siguen con ellas. En la familia no se habla de ello, quedó como un divorcio de tantos, como una separación consensuada, sin consecuencias dramáticas. A mi padre le robaron su dignidad, no el anormal del novio de mi madre, se la robó el que puso todo su valor en una mujer. Quizás fue ese trovador del siglo XIII. Y yo ahora le quiero robar el voto.

Sentarme en las butacas retro del Doré con Nina se convirtió en un acto cotidiano desde que, años atrás, nos vimos allí todas las películas de un ciclo de Woody Allen. Esa noche de julio echaban *Un extraño en mi vida.* Creo que, en los actos rutinarios con Nina, nunca me pesó el significado peyorativo de esa palabra. «Rutinario» comparte campo semántico con palabras como monótono o aburrido. Nunca sentí eso.

Antes de que corrieran el telón rojo, Nina me habló de lo que le chiflaba el hoyuelo de Kirk Douglas. «Es como los ojos violetas de Liz Taylor, las cosas singulares enganchan».

—Bueno, el hoyuelo y el pechopalomo que tenía, eso también me chifla.

—Que tiene, porque es inmortal.

—Pero este era conservador, ¿no? Fue al funeral de Reagan.

Nina me replicó que defendió a los represaliados por la caza de brujas del macartismo, uno de sus temas favoritos desde que le pusieron *Buenas noches y buena suerte* en la facultad.

—¿No te descalzas hoy?

Le agarré la mano mientras Kirk Douglas seducía a Kim Novak enseñándole el solar donde le iba a levantar un casoplón a un escritor de éxito. El personaje que interpretaba ella estaba hasta la coronilla rubia de un marido rutinario y aburrido, que no levantaba la vista del periódico para hablar con su mujer. Ayudar al arquitecto a desenrollar la cinta métrica para medir el terreno edificable parecía lo más emocionante que había hecho en años. Con eso y con el hoyuelo, Kirk lo tenía todo hecho. En una escena, el arquitecto se queda fijo en un punto y Kim Novak estira de la cinta extensible hasta que esta se agota y dice «*It's done*», con voz alegre. En el momento en que la actriz terminó de pronunciar la frase, Nina me soltó la mano.

Fue la última vez que se la cogí. Ya en la calle, no quiso tomar nada.

—A veces me siento una extraña contigo, como Kim Novak con su marido pusilánime.

—Yo no soy pusilánime, yo soy Kirk, y mi amor por ti es tan inmortal como él.

—Pues yo ya no sé si te quiero, creo que es más costumbre, o dependencia emocional —dijo dando un pequeño paso atrás—. Y no voy a estar quedando contigo mientras te tiras a otras. No quiero formar parte de ningún corralito.

No me moví y no supe qué más decir.

—No te vas a ir así sin más. Tómate algo, va.

—Me angustia esperar a la próxima bronca para hacerlo. La película ha molado, nos hemos reído, no estoy enfadada, es mejor despedirse así que con un disgusto, un número y una llorera.

—¿Y si ya no discutimos más?

—¿Vas a dejar de intentar follarte a todo lo que se te pone a tiro?

—Sí.

—No me tomes por idiota, que al final la tenemos.

Esta vez adelantó un pie, me tocó la barbilla, como si quisiera comprobar que yo no tenía ni una mínima hendidura en esa zona, me miró con una sonrisa de resignación, se dio la vuelta y se marchó. Me quedé observándola hasta que dobló la esquina del mercado.

Barro la habitación y traslado tres kilos de ropa de Paula a la que debería utilizar su dueña. Me queda tiempo para ducharme, lavarme los dientes y cortarme los pelos de la nariz con las tijeritas de mi otro compañero de piso. Es la primera vez que Sara ve mi dormitorio. Me dice que el desorden de la novela igual viene dado por el espacio donde la escribo.

—Lo siento, hoy tampoco vamos a follar.

—¿Por el desorden? Y tampoco vienes vestida de gótica.

—No. Porque ha ganado Macron y porque me ha bajado la regla.

En 2016 tenía controlados los ciclos de las tres tínderes que más usaba. Nunca coincidían.

—¿Preferías que ganara Le Pen?

Macron es su nuevo jefe, dice que tuitea como un adolescente y que a partir de ahora se va a dedicar a traducir eslóganes. «Cuando llegaron a segunda vuelta Chirac y Le Pen padre, voté lo menos malo, que Chirac al menos no era un puto yupi, pero esta vez lo he hecho en blanco». Yo no sabía ni que se pudiera votar en dos países distintos, cosas de la doble nacionalidad.

—El mito de que la derecha liberal gestiona mejor es difícil de romper, al menos en España.

—El mito en España es que la derecha es liberal.

—Porque en asuntos civiles es conservadora —le digo.

—Y porque interviene la economía cuando a su bolsillo le interesa.

Match, mensaje calentorro, respuesta receptiva, fotopolla, fotocoño, calle Don Pedro, 24, vistas a Las Vistillas, cuánto tardas, te recibo con una camiseta de mi novio, nada más, date prisa que ya casi es medianoche y mañana curro.

Abro la puerta enrejada del ascensor, es antiguo, como el que sale en *Aquí no hay quien viva.* Marta deja la puerta de su casa abierta, la encuentro ya en el sofá, sentada, con el culo un poco salido, casi al borde del asiento, vestida con una camiseta vieja de Placebo, desnuda con una camiseta vieja de Placebo. Le sonrío, se descojona, me arrodillo, abre las piernas, le levanto la camiseta, descubro una fresa tatuada en un pubis perfectamente rasurado, me la como.

NINA A las novias hay que darles raíces para quedarse y alas para volar. ¿Conoces esa mierda de frase? Pues dame al menos lo segundo.

YO Cuando sea un escritor famoso querrás volver.

NINA En el improbable caso de que eso ocurriera, prométeme que intentarás hacer el ridículo lo menos posible. Ni siquiera digeriste bien el éxito cuando te hicieron diyei del Honky. ¡¡Diyei del Honky!!

Nina me bloquea. Su foto aparece en blanco, un blanco fantasmagórico. Ha desaparecido por segunda vez. El muñeco blanco no sonríe, con resignación o sin ella. Ya no está.

Jaime movió una ficha y ahora se ve obligado a mover otra. Es verano y la ginger no entendería que, conociendo ya a la madre de Jaime, este se niegue a conocer a la suya. Se coge las vacaciones en el hospital la primera quincena de agosto. Jaime respira, porque la azafata le había propuesto ir a Asturias la tercera semana. Tampoco puede decirle que no, después del susto que se llevó viéndola en Badoo a la semana de cortar. Estef sufre un histerismo que a muchos tíos nos fascina, pero Jaime, que es más pragmático que el pomo de una puerta, se acaba cansando de sus venazos. Siempre le dice lo mismo, «tienes un buen curro, un piso medio pagado, dos padres que te quieren y un novio que te folla bien, no inventes movidas para darle marcha a tu vida». La ginger es de Cudillero y los padres de la azafata, de Gijón. El día 15 por la mañana conduce hasta Madrid y llega a las dos porque ha convencido a la neuróloga para salir pronto de su pueblo. Se ducha, rehace la maleta con ropa limpia, va en busca de la azafata y marcha de nuevo dirección Asturias a las cuatro. En Gijón, Jaime conoce a sus nuevos suegros. Ve un partido de pretemporada con el padre, que es del Sporting, como el padre del Lobo, y aprovecha para hablarle de él con el fin de sacar una conversación ligera. Nos lo cuenta por el Pegacromos.

Jaime Debió de ser por eso, te relacioné con la tatuada, como vivís los dos en Dublín.

Lobo A ver si ahora la culpa la voy a tener yo.

Yo Joder, qué cagada, algún día te tenía que pasar.

Lobo Pero qué le dijiste??

Jaime Voy a ver si Dessi ha terminado de cuajar la tortilla.

Lobo Jajaja, qué subnormal. ¿Y qué te dijo él?

Jaime ¿Qué Dessi? Lo malo es que tardé como cuatro segundos en decirle que una compañera de trabajo.

Lobo Pero haberle dicho tu prima, que es menos comprometedor.

Jaime Y luego lo comenta en la cena, la azafata le dice que no tengo ninguna prima Dessi y salgo de ahí con los pies por delante.

En julio había conocido a los padres de Dessi, la tatuada, en Torrevieja, donde veranean todos los años. Cinco suegros en mes y medio.

Lola Rosetti me regala unos pases VIP para ver a Sidonie en un evento comercial de Dewar's. Es una oportunidad para hacer algo distinto con Sara, que acepta la invitación.

Paula se cabrea porque no la llevo a ella, que sigue a la banda desde que empezó a pinchar. Le pido a Lola otras dos para que vaya con su amiga Ana.

Son las 00:30, pienso en mandarle un wasap a Sara, pero al entrar veo que está conectada. A los dos minutos vuelvo a entrar y sigue en línea. Me sube la bola caliente desde el estómago y se me embota la cabeza al ver, quince minutos después, que sigue hablando. Intento relajarme repartiendo *likes* en Tinder, incluso salgo a tirar la basura para tomar un poco el aire. Vuelvo a mirar. Al principio no aparece el chivato, pero a los cinco segundos leo las dos palabras que hacen que imagine tragedias en las que yo soy el personaje secundario, el tonto útil que sirve para que haya un pequeño conflicto y para que el actor principal se lleve a la chica y mi dignidad. Le escribo:

Yo No quiero ir a Sidonie contigo. Llevas tres horas hablando con alguien por el puto WhatsApp, y no es que eso esté mal en sí mismo, pero me estresa y me agobia.

Sara Mira, a mí no me vengas con estas mierdas. Nos vemos allí.

Decido darle un uso al muro muerto de Nina en WhatsApp. Comienzo a apuntar notas sobre la novela, ideas que pueden ser hallazgos y que, por haber surgido mientras hacía la compra, volarían de mi memoria si no. La novela depende de esas coyunturas, de un hallazgo y de un olvido. Mientras pincho el indie comercial de turno, chateo con Olita. Escribo en el muro que dice que se follaría al protagonista de *Californication,* un machista trasnochado. Me sorprende. O no tanto. Apunto mi respuesta: «Al fin y al cabo las feministas también sois mujeres».

El concierto es en La Fábrica de Tapices. Tapices no veo, pero hay unos jardines con flores, árboles y un césped mejor cuidado que el del Camp Nou. Por un caminito de piedra se sube a un edificio neomudéjar, en el que hay una sala con aforo para setecientas personas. Paula pulula con su amiga Ana entre *hipsters,* mesas altas de madera y árboles, esperando a que comience el bolo. Son dos niñas, desarrapadas en comparación con el moderneo esnob que se respira en el ambiente, que juegan a ir de un lado a otro sin más objetivo que reírse de la gente y revolcarse en la hierba.

—Parecen unas cabritillas —me dice Sara.

Estamos apoyados en una barra, tomamos los primeros *whisky sour* de la tarde. Los sirven veinteañeros bien formados todos, que es un evento de nivel. Paula viene corriendo, sonríe a Sara y me pide que le guarde su mochila del Primark, decorada con par de chapas de Extremoduro, otra de un puño morado y firmada por sus amigos.

—Me voy con Ana a dar una vuelta.

—¡No aceptéis cócteles de extraños! —le grito, pero ya está a unos cuantos metros de mí y solo me oyen Sara y cuatro tipos con camisas Ben Sherman y similares.

—Te ha salido la vena paternal con esta chica, ¿eh? —Queda un par de segundos pensativa mientras observa el camino por donde se ha ido Paula y la mochila que ha dejado a mis pies—. Y a ella la filial, por lo que veo.

Nos metemos en la sala. «Lo siento en el pecho, el baile enloquecido del fuego, por ti, por ti, por ti, me pongo el sombrero para que no se escapen los sueños…». Es una canción bajabragas, que entra fácil, con unos acordes alegres, pegadizos. Los acordes mayores son para oídos menores. Cuando llega el estribillo, la gente levanta la voz y desafina sin pudor, «lo mejor del sol, a puñados yo te lo doy. Y es que me salen rosas de la boca, cuando me preguntan por ti, y las calles se vuelven playas si tú las andas…». La abrazo por la cintura y me dice que la letra le provoca vergüenza ajena.

Sara tiene un brillo distinto que refulge más conforme cae la noche, se enciende el patio y se bebe un tercer whisky, esta vez con ginger ale. Paula y su amiga no beben demasiado, ni falta que les hace, así que nos dan una de las tres invitaciones que han incluido en la entrada.

—¿Sabes que en francés no existe la expresión «vergüenza ajena»? Una laguna.

Me dice que no son los Héroes, pero que se lo ha pasado bien. Esta noche le está dando una tregua a su escepticismo. Es el lector que pacta la verosimilitud de una novela con su narrador, la suspensión de la incredulidad que le permite disfrutarla. Me recuerda a Kim Novak que estira el metro que le da Kirk Douglas en la película que vi con Nina. La verdad es que me recuerda a esa actriz incluso físicamente. Alta, rubia, maciza, triste y alegre. Yo no puedo hacerlo, no puedo ser feliz porque el fatalismo asoma justo antes de que el momento de felicidad llegue al clímax. Pienso en la muerte antes de echar la última gota de mi corrida. «El amor es una llamarada que no sobrevive al resplandor de su consumación», cómo odiaba Nina que repitiera esta frase.

Ya es noche cerrada, hay una luz cálida proporcionada por unas cuantas lámparas de exterior que la marca ha debido de contratar y por las velas que ha colocado el decorador sobre cada una de las mesas altas. El baile enloquecido del fuego centellea en el iris de Sara y en la madera que reviste las barras de los bares. Me doy cuenta de que tiene el iris color madera, o del color del whisky de doce años que nos estamos bebiendo esa noche. Aparece una cabritilla. Ana nos dice que se largan, que hay un famosillo de La Sexta metiéndoles fichas y se lleva a Paula.

—¿Nos vamos nosotros también? —me pregunta.

—¿A desvirgarnos de una puta vez?

—Vamos, que no nos cabe una copa más. —Me coge de la mano para bajar juntos el senderito, aún más serpenteante que cuando por la tarde hicimos el camino inverso.

Le doy las llaves de mi coche y me recuesto en el asiento del copiloto. Al rato un taxista nos pita. Bajo la ventanilla y nos grita que en la calle anterior íbamos en dirección contraria. Le respondo que el código de circulación está para regular la libertad, no para restringirla. Grita más aún, «¡que ya no sois unos chiquillos, coño!».

Siento que el miedo escénico me agarrota la polla. Sara me besa con urgencia y me entra un miedo atroz a no terminar la noche como un hombre debe hacerlo. En esta ocasión pienso en la muerte mucho antes de correrme. Descubro su coño por vez primera, protegido por un suave manto de vello. Influido por la actual aversión al pelo, normalmente rechazo ese manto como una máscara sucia y olorosa. Es extraño, porque una máscara es un artificio. Vuelvo a reconocer en esos pequeños hilos negros algo natural, que es lo que son, algo que es parte de ella, una parte que tampoco me quiero perder. Su entrepierna guarda similitudes con otras que he visto, acariciado y lamido anteriormente, pero este es el coño de Sara, y solo el pliegue de su clítoris posee más personalidad que las que reflejan los ojos de las mujeres que me cruzo a diario por la calle. Es un sexo limpio, puro, reconocible, incólume, sabroso, recóndito y dispuesto, ahora dispuesto delante de mi boca, que besa, detenidamente, el interior de sus muslos, de sus labios mayores y la cavidad rijosa de su vulva. El adjetivo, cuando no da la vida, mata, pero en este caso no sobra ninguno. Es un coño complejo, con carácter, casi con capacidad para amar, para imponer, para reprender. No es cualquier coño. Nos han mostrado el sexo femenino como algo sucio, susceptible de ser corrompido y de corromper al mismo tiempo, como un contenedor de bacterias que sangra, hiede y peca. El de Sara peca, porque es animado, en su primera acepción, huele, a ella, al mar azul que dibuja un niño en una cartulina, y contiene una promesa, una flor y un recelo.

La flor y la promesa me la ponen dura y el recelo me la vuelve a desarmar.

El alcohol, cuando no da la vida, mata. Y el condón, buscarlo, el mecanismo de apertura, la duda de quién debe colocarlo, quién debe tantear el extremo abierto para desenrollarlo de forma correcta, es el segundo asesino de la erección. Me tumbo a su lado, boca arriba, tiro el preservativo sin atar a una esquina del cuarto y suspiro. Ella me coge de la mano y me vuelve a decir lo bien que se lo ha pasado. El primer asesino es el miedo, el recelo.

El señor Lobo me dice por WhatsApp que su novia mitad toledana mitad escocesa le está preguntando cuál de sus otras dos novias es pelirroja. Se lo comento más tarde a Jaime, mientras vaciamos una bandeja de sushi.

—¿Por qué cojones pregunta eso?

—Yo qué sé, solo te lo transmito.

—¿Y quién le ha dicho a esa que tengo otras dos novias?, ¿tú?

—Joder, se lo habrá dicho Lobo, que es su novio y de algo tendrán que hablar.

—Pues que le hable de su puta madre, digo yo, no habrá temas.

—Fijo que le ha contado la anécdota de cuando te confundiste de nombre delante del padre.

—No me fío un pelo. Y no es porque rompa conmigo, que me la suda ya, pero qué cara le pongo si me descubre.

—No sé, es una curiosidad rara, la verdad. ¿Cómo de amigas son?

«Se acerca mi hermana pequeña, de algún modo siempre tengo que acabar cuidando de ella».

Choca una palma contra la otra cada vez que el golpe cae en tierra. El uno, el uno, el uno... y el uno.

«Sonríe a todos los tíos que se encuentra. Eso me desespera».

Es una canción acelerada, Paula marca ahora los cuatro golpes persignando el compás. Un, dos tres, cua, golpe.

«Ten cuidado si vas a acercarte a ella, yo la quería golpear y ahora no sé dónde está».

Se coloca los cascos con la seriedad de un controlador aéreo. Elige el punto exacto en que va a meter el siguiente tema, ni una décima de segundo antes ni una después.

«A veces me hace enloquecer y entonces, no sé qué hacer».

Se ha cabreado un poco porque le he obligado a ponerse un polo ajustado y una falda *mod* príncipe de Gales. Le ha crecido el pelo, ya lo tiene a lo *garçon* y se lo puede peinar a raya.

—Parezco de las juventudes hitlerianas —me dice.

«Me esfuerzo siempre por que sea la chica más feliz sobre la tierra. Y por las noches ella me recompensa».

La verdad es que está muy guapa, le he comprado el mismo carmín que a Sara y le dibuja la boca como a una muñeca.

«Cuando todo parece que marcha mal, ten en cuenta que puede ser que solo lo parezca. Por si acaso, quédate cerca de mí, a mi lado».

Le piden más canciones que a mí, sobre todo los tíos. Suena ya la siguiente canción. El uno, el uno…

—Ya lo he pillado, Antonio. —Esta vez me deja aplaudiendo solo—. Que di clases de piano cuando era más pequeña.

Reaparece Heidi después de un año y medio. Una semana antes había escrito yo a Eglys. En realidad, le mandé un audio, de la canción de Blink-182, *Carry Me Home*. Cada vez que la pincho me viene su imagen mientras acuna un niño fantasma. «Los hombres siempre volvéis», me respondió. «Aunque ahora, me pillas bastante lejos». Acompañaba el mensaje con una foto de las vistas de un rascacielos de Miami.

Heidi vuelve con una historia romántica como excusa. «Anthony, he conocido a un politólogo, como tú. Es bajito, como tú también. Bueno, algo más, él dice que mide 1.74 pero lo dudo mucho, porque yo con tacones alcanzo su altura. Es adorable; en esto ya no me recuerda a ti. Trae una historia personal trágica. Murió su padre, de cáncer de colon, su hermana, recién parida, se volvió loca al descubrir que su marido era bígamo y, meses después, otro cáncer se llevó a su madre. Esto último fue el detonante para que a su hermana la tuvieran que ingresar. Así que se ha quedado con la custodia del niño, al que he visto ya dos veces porque me pidió que lo acompañara a pasearlo por Vallehermoso. No puedo pasar mucho tiempo con él porque entre el trabajo y el crío no da abasto. Yo le quiero ayudar, pero sin invadir su territorio, que hace solo dos meses que lo conozco. Así que no hemos frungido mucho. ¿Tú qué me recomiendas?».

Sara me propone que vaya a su casa después de pinchar y que, esta vez, me quede a dormir. Hace hincapié en eso, en dormir, «dormir abrazados, sin prisas». El concepto me relaja y me pone nervioso al mismo tiempo. Para dormir con ella tengo que despertarla previamente. Me fumo un cigarro antes de subir. Me lavo los dientes en el coche con una botella de agua mineral que le he pedido a una camarera. Saco el cepillo y la crema de viaje que he metido esa madrugada en la guantera y me los cepillo a conciencia, pasando las cerdas por la lengua también, varias veces. Escupo la espuma en la acera y me enjuago con lo que queda en la botella. Después mastico un chicle de clorofila, que pego en el *ABC* del día anterior que el portero del edificio ha dejado sobre la mesa.

La cama de Sara está caliente, su cuerpo también lo está. Pego mi pecho en su espalda. Se da la vuelta; ella también se ha lavado los dientes.

Me besa despacio, cuando nos separamos unos centímetros, nos miramos en silencio. El labio superior dibuja una ligera curva cortada por el eje del inferior, algo más carnoso, me fijo en las aletas abiertas de su nariz, en su mirada ovalada, color miel, que no puedo apreciar en la penumbra de la habitación.

—Te has lavado los dientes, pero se nota que has fumado —me dice.

—¿Te apesto mucho?

—No, no me apestas nada. —Y me vuelve a besar despacio.

Le deja hacer a mi boca, que le moja con tiento los pechos, se detiene en el ombligo un momento, mientras le abrazo las caderas, baja lentamente hasta su vientre duro y le lame las ingles de forma alterna. Le ahueco la braga con dos dedos por el lado derecho e introduzco la lengua en la hendidura. La libero de la tela, me ayuda con las piernas, que se repliegan a la vez. Sara es lúbrica y sobria al mismo tiempo. Le doy la vuelta, su culo es un globo terráqueo, lo contiene todo, y yo inicio el viaje de Julio Verne. Me deja hacer. Me hundo. Me baño en los cinco océanos. Se mueve, su culo hace el movimiento de rotación y de traslación. Siento el roce de un condón ya desenfundado en mi hombro, lo cojo, me lo pongo y me follo los cincuenta y siete mares, los cinco continentes, las catorce maravillas del mundo, las antiguas y las modernas, agarrando su grupa con fuerza, por sus dos polos achatados. Sara gime, yo cierro los ojos y sonrío.

Olita, que es lúbrica a secas, tiene una novia poliamorosa y un novio convencional.

—Qué asimétrico eso, ¿no?

La novia de Olita tiene dos novias, las dos poliamorosas. Ellas, a su vez, mantienen relaciones paralelas con otras personas.

—Una de las novias de mi novia se lio con el hermano de su novio.

—¿Y el hermano de su novio es poliamoroso también?

—No, ni su mujer tampoco.

—Asimetría adúltera entonces.

—Además, al no serlo, no se rige por las mismas reglas morales, por los mismos códigos de respeto, y para él su hermano es un cornudo.

—¿Y el novio de la novia de tu novia qué dijo cuando se enteró? ¿O le pidió permiso ella antes?

—No se lo pidió. Se rayó mucho, pero dice que no tiene derecho a enfadarse, que sería incoherente.

—Vaya movidas.

—Ya.

Es la última vez que la tatuadora pisa nuestra casa. Jaime teme que la novia del Lobo lo delate en un ataque de sororidad.

—Podrías haberme dejado antes de que te presentara a mis padres —le reprocha ella.

—Es como estar dentro de una peli porno —dice Fresita.

Una camarera pasa delante de nosotros y la felicita por su *outfit,* un corsé rojo de encaje y un liguero a juego. «Así es como hay que venir», le dice a dos chicas que toman un gintónic a nuestro lado. Va disfrazada de *pin up,* le sale natural, el corsé se le ciñe al cuerpo como la piel de la pera a la pulpa. Sonríe, pone los brazos en jarra, saca la cadera, achina un poco los ojos, adelanta la barbilla y me enseña sus morritos pintados. Es turgente toda ella, neumática, prieta, pelirroja, con una melena encrespada, de leona, que le da un aire aún más rijoso. Apura el cubata y pasamos a la zona de la piscina, de los reservados y del fornicio asilvestrado. Las chicas van envueltas en una toalla blanca que ofrecen en la recepción, normalmente pinzada a la altura de los pechos. Nosotros nos la ajustamos a la cintura, con apertura delantera, para meter la mano cada dos minutos y estimular los centímetros de carne que Dios nos ha querido dar. Hay pollas de carne y pollas de sangre, me lo dijo un chico gay en una fiesta en Chueca, «¿la tuya de qué es?»; me miró de una forma que hizo que pasara a ser de sangre. La luz es blanca, vaporosa y huele a cloro. Me siento al lado de un hombre, que debe de tener unos cuarenta años, y Fresita se alinea con la chica, en la misma postura perruna de ella. El hombre se gira hacia mí, después baja la mirada hacia mi regazo, estira su brazo derecho y acaricia el pelo enmarañado de Fresita que, a su vez, apoya su mano en el muslo del tío. La chica joven levanta la cabeza y ojea el panorama. Es morena, de facciones comunes, con aspecto de haber terminado Químicas hace unos años. Mi acompañante también se incorpora, la besa con profusión de lengua, y le intercambia el lugar. Nadie dice una palabra, las señales han preparado el camino. Es fácil, el sexo ahí es fácil, un banquete en el que vacías toda la ansiedad sexual de la adolescencia. Querría volver al patio del colegio para contarles a mis amigos la fiesta que me estoy pegando.

En aquella época, la fantasía de Ángel era ducharse con una chica, «no sé si alguna vez lo podré hacer». Ángel, eras muy pesimista, mira hasta dónde he llegado yo, esta es la verdadera democracia, la del sexo romano, ducharse con tu novia es seguir en la noche medieval. Suena *Felices los cuatro* por tercera vez y Fresita la canta en voz alta mientras se sienta a horcajadas encima de un tío del cual no sabe ni el nombre. En verdad, sin la Edad Media, no habríamos podido volver a Roma, sin tanta prohibición, el sexo tendría tanto sentido como comerse una manzana golden. Ahora el cuarentón este atractivo se está comiendo la pera de Fresita, que es como la manzana prohibida, roja, reluciente, como la fresa que lleva tatuada, es la manzana del vecino. Sin transgresión, por simbólica que sea, nos quedaríamos siempre en el mismo sitio. Pienso todo esto mientras sigo el movimiento de las tetas de la licenciada en Químicas, que es ahora la que imita a Fresita. Yo tampoco conozco el nombre de mi manzana, pero de repente me despierta mucha simpatía y mucho agradecimiento.

Termina de follar con el cuarto de la noche, espero en el vestuario, con la taquilla abierta, a que se ponga el pantalón y una camiseta que cubra el corsé. Ya en la calle respiro profundamente. Me siento pleno, pleno y vaciado.

Busco un hueco para quedar con Sara. No me cuesta. Me invita a unas cañas y unas raciones en una terraza cercana a la plaza de toros. En un momento dado, se lanza a mi boca y me da un pico. Antes de hacerlo, me ha mirado con más fijeza de lo normal. Es la primera vez que me besa por propia iniciativa. Lo recibo como una revelación. Como un regalo de Reyes. Se lo digo.

—¿De verdad te sorprende tanto?

Le ha sorprendido mi sorpresa. Me mira. Sonríe reflexiva, casi incrédula.

Comento a Olita mi nueva afición al sexo colectivo, que yo emparento con el poliamor.

—No confundas la capacidad de querer y cuidar a varias personas, ya sea en el mismo grado o en distintos, con la afición al sexo orgiástico, totalmente legítima por otra parte. ¿Cómo llegaste a ella?

—Me hablaron cuatro chicas de Tinder sobre ello. Al principio me parecía algo sórdido y ni siquiera me lo planteé. La última que me lo glosó era una mujer divorciada con una vida de lo más normal. Yo no quería follar en mi casa por estar llena de mierda y ella no quería en la suya porque una vez, un tío con el que había quedado exclusivamente para eso se presentó semanas después y tocó su telefonillo sin avisar. Así que me dijo que sería un buen lugar para quedar.

—Menudo acosador. Cuéntame más.

—Nada, Olita, que Tinder me ha robado la inocencia.

—Si me prometes que el ambiente es sano y que no me vas a dejar por ahí tirada, igual me animo.

Heidi ha dado un paseo con su nuevo novio y el sobrino de este.

HEIDI Es monísimo, Anthony, de repente tengo una familia, ¿no es maravilloso?

YO ¿Has estado ya en su casa?

HEIDI Prefiere que ese espacio quede reservado para ellos. Lo hacemos en la mía, a horas intempestivas. Ayer vino a las siete a. m. Frungimos, desayunamos en la cafetería de abajo y luego cada uno a su trabajo.

Al salir de casa de Sara, a las seis de la mañana, escribo a Marta y a la fresa de su pubis.

YO No estarás volviendo de fiesta ahora, ¿no?

Me contesta a los cinco minutos.

FRESITA Estoy en la cama con un tío que me he ligado en el Contraclub. Si vienes, lo echo.

YO ¿Porque te gusto más yo?

FRESITA No, por variar.

YO Échalo.

Futre corre hacia la puerta. Entra Paula con una mochila y un monociclo.

—Paulaner, ya que estás saca un par de botellitas de bourbon del congelador, que vamos a celebrar que soy una persona normal —dice Jaime.

Ha debido de aprovechar la inercia y ha dejado a la azafata también.

—Ya eres un hombre bueno —dice Paula.

—Un hombre tranquilo —responde él.

Paula llena tres vasos con las dos botellitas y pide un brindis.

—¡Por John Wayne! —grito.

—¡Por John Wayne! —repiten ambos al unísono.

Voy al Sonorama con Paula, el señor Lobo, la pareja de Segovia y Jaime, que se ha dejado a la neuróloga/ginger en Madrid. Sentados en corro, en un espacio de cemento libre entre dos escenarios, distingo una cara conocida. Avanza hacia mí con el paso firme de sus piernas de futbolista, descojonada por algo que le comenta una amiga de su edad. Cuando la tengo a mi altura, me lanzo a un costado como si fuera un portero, estiro el brazo y con los dedos de la mano derecha le toco el tobillo más cercano. X parece alegrarse, o lo finge, no estoy seguro. En todo caso está sorprendida. No hay mucho de qué hablar, más allá del qué tal, qué guay verte, pero al escuchar su voz ronca, me entra una morriña sexual de aquellos polvos iniciáticos. La voz es la magdalena de Proust. Llevaba meses sin pensar en ella, pero me paso todo el concierto de Triángulo de Amor Bizarro buscándola con ansiedad recalentada. El postpunk frenético de la banda y los continuos golpes de bombo del batería se me meten dentro del cuerpo junto a X y al eme que hemos traído, formando una mixtura psicodélica que disfruto y a padezco en la misma medida.

Comparto con Lobo el enésimo mini de cerveza, tirados en el suelo otra vez. Son las seis de la mañana, los demás se han retirado hace ya hora y media. Él me habla de Lilith, su novia *british,* y del deseo de montar una casa rural en su pueblo de El Bierzo. Yo le cuento que me gustaría desvirgar a alguna chica que estudiara Marketing, leyera novelas distópicas y le gustara el noise pop. Concluimos que somos demasiado mayores para seguir viniendo al Sonorama.

Al entrar al camping, pasados los w. c. prefabricados y su peste a ácido recocido, me vuelvo a cruzar con ella. Tomo el segundo encuentro como una señal. Me fijo en sus muslos morenos, rotundos, y en la sudadera que se ha puesto al volver a la tienda. Me saluda con un pequeño gesto y sigue su camino. Dejo al Lobo, que me da la chapa con Pablo Iglesias, con la frase en la boca, la llamo, y se da la vuelta despacio, como si no quisiera hacerlo.

—Dime.

—Eh, nada, solo quería recuperar tu número.

—Para qué.

Calla un par de segundos, sin apartar una mirada de comprensión maternal que le queda muy bien. Yo no acierto más que a encogerme de hombros y a admirar la seguridad con la que una chica de veintidós años me niega un teléfono que en su día estuvo en mi agenda.

—No, en serio, para qué. Ya para nada, ¿no, Antonio?

X no es la niña virginal que besaba con violencia. Ahora me mira desde otra altura. Creo que ya ha conseguido sentirse «amable».

El agua clorada de la piscina del local está más fría que de costumbre. Olita se abraza doblemente a mí, brazos al cuello y piernas a la cintura, y acopla su entrepierna a la mía hasta que nuestras piezas terminan de encajar. Está feliz y algo bebida. Una pareja se acerca, Olita mira a la chica y le sonríe. Se besan con ganas, con una sororidad de bolleras con novio, y sin miedo. El chico acaricia el culo de Olita a dos manos, siento sus dedos cosquilleando mi escroto, como si nos fuera a hacer de mamporrero. La chica baja la boca al pezón derecho de mi compañera y lo engulle. Miro a Olita, que ya tiene los dos iris que se le escapan de las cuencas. Cuando su mirada retoma la consciencia, sonríe con picardía y me da las gracias en un susurro. Un hombre, que se ha acercado con la cautela de un tiburón, se mete el otro pezón de Olita en la boca, que se mueve y gime cada vez más. Sus iris de la paz vuelven a hacer su habitual viaje al norte del placer. Entrego a Olita al primer chico como si fuera una ofrenda, y él, como moneda de cambio, acerca de un empujón a su pareja donde estoy yo. Tiene los pechos pequeños y firmes y unos dientes blancos que me enseña en una sonrisa abierta. Entiendo que tengo vía libre. Me come la boca como si no hubiese cenado desde anoche y yo le agarro el culo con una mano, lo estrujo y lo acerco a mi pubis con el deseo que solo se tiene por los bienes ajenos. Debe de tener la edad de Olita, unos veintiséis, y un desparpajo que me excita y me acompleja al mismo tiempo. El tiburón se nos acerca y pasa el dorso de la mano sobre el brazo de la chica, que le dice que no con la cabeza. La de mi polla hace rato que juega en la puerta de su vagina. Vuelve a acercarse el tiburón, esta vez la chica lo desplaza con el brazo. Le echo una mirada de reproche, pero antes de que diga nada, escucho a Olita que, a un metro y medio de la escena, dice «un "no" no te lo tienen que soltar dos veces». El chico responde que no están en la Warner y ella le replica, «precisamente por eso». Se aleja por fin, seguramente hacia otra presa, y la chica me abre del todo sus piernas. «No te vayas a correr dentro, eh», me advierte antes de volver a cerrar los ojos.

—He flipado —me dice Olita después, en la barra.

El agua y el calor le rizan el pelo, parece una chica distinta, más madura.

—Pensé que te gustaría, nunca he conocido a una persona tan abierta y tan libre como tú. Abierta de verdad, con convencimiento intelectual.

—Jajaja. No sé, pero he flipado. En cuanto pille el móvil se lo cuento a estas.

Olita le pega un sorbo largo al gintónic, como si se tratara de una bebida isotónica.

Me la llevo a casa para dormir juntos y, al entrar, vemos a Paula tirada en el sofá raído viendo *House.* Olita se enamora del ojo triste de Paula desde el primer hola.

—¿Qué tal en el sitio de las orgías? —le pregunta con naturalidad.

—Faltaban chicas y sobraban machitos —responde Olita.

—A mí no me quiere llevar. ¿Queréis palomitas? —Y extiende el bol hacia nosotros.

Olita se acerca y coge un puñado.

—Donde deberías venir es a las policañas de Lavapiés.

—¿Y ahí no hay machitos que fingen ser aliados para meterla en caliente?

—Pues como en todos lados —me contesta Olita—, la historia es diferenciarlos.

—Sí, gracias por prevenirnos, campeón —zanja Paula, que le saca una carcajada a su nueva amiga.

Consulto alguna noche la línea de WhatsApp de Sara. Olita me dice que espiar no es consultar. Aunque valgan los dos significantes, creo que mi verbo es más adecuado. Nos rasgamos demasiado las vestiduras con la privacidad personal.

—¿Tú nunca lo has hecho?

—No, qué necesidad hay.

Me jode a veces lo perfecta que parece Olita, lo perfectamente deshumanizada, porque no espiar la línea o el móvil de la persona a la que quieres no es ser persona.

—Pero si tú no quieres a esa chica, Antonio.

Si la veo conectada durante un tiempo preocupante, duermo mal esa noche. Sara es una clásica, de las que cayó en una aplicación de contactos por sugerencias de amigas. Me gustaría leer mentes, sería un gran escritor, contaría con miles de voces narrativas y un profundo conocimiento de mis personajes. Yo solo quiero saber. ¿Cuándo ha sido eso malo? Saber el qué, el cómo, el cuándo…

—Tú quieres a tu ego —incide Olita.

—No podemos reducir todas nuestras motivaciones y conductas al concepto de ego.

—Las mías no. En serio, ¿cómo de grande tendría que ser un recipiente para contener tu ego?

—Como un ataúd.

HEIDI Amo a ese niño, aunque me quite a su maravilloso tío/tutor/salvador. Ya me gusta hasta su vestuario de perroflla solidario.

YO Oye, tú estás segura de que es su sobrino, ¿no?

HEIDI Joé, Antho, sabes que nunca me llegué a cabrear contigo, por muchas putadas que me hicieras. Pero ¿por qué te molesta tanto que yo sea feliz? ¿No te puedes alegrar por mí?

Me llama al cuarto de hora. Nunca llama, nadie llama ya.

—Qué te pasa ahora…

—Después de hablar contigo, he escrito a Laura, que también tenía sus sospechas. Y sí, tenías razón, es su hijo y tiene mujer. Sus padres sí murieron de cáncer, pero la hermana no está loca.

—¿Todo eso lo habéis sacado stalkeando?

—Laura se maneja muy bien en Internet.

—¿Lo de sus padres es cierto y a partir de ahí se ha construido una historia para no dormir?

—Y para frungir. Encima, cuando le he pedido explicaciones, se ha reído de mí. Estoy muy deprimida. Quiero que rompas ese matrimonio.

—Pues hoy no tengo nada mejor que hacer.

Me creo una cuenta *fake* en Facebook, le mando en un mensaje privado a la mujer la foto de su hijo y una síntesis de los manejos en Tinder de su marido. Por la tarde quedo con Heidi. A la segunda caña, mira su móvil y me pregunta sorprendida si lo he hecho.

—Me está escribiendo un mensaje enorme que dice: «no lo hagas, por favor, por favor, por favor...» y acaba con un «yo solo quería follar». ¡¡No dije en serio que lo rompieras!!

—¿No?

—Creo que no.

Y hace un puchero de mala conciencia.

Le reenvío a Sara el *mail* en que Nina advierte a una sucesora potencial de lo que se le vendría encima: «Te hará creer que te quiere y te necesita, pero nada más lejos de la realidad, jamás dejará de engañarte, tonteará con otra mientras tú estás dormida... Las mentiras y los engaños son su forma de vida». Sara responde que lo de Nina sí que es sororidad. «Pero ¿lo meto en la novela?». «No».

Jaime se detiene en exceso. Siempre fue de sangre fría. Tiene el brazo derecho estirado, hace minuto y medio que agarra una grieta, «es una buena mano», me grita. Paula suspira a mi lado. Tiene ganas de subir ella. Yo también me desespero, me pongo a pensar en mis cosas hasta que me increpa: «Cabrón, ¿me quieres matar? ¡Recoge cuerda!». Es cierto, le tengo holgado, la cuerda forma un arco y Paula sale de su ensimismamiento para regañarme también.

—Que la casa entre dos no la podemos pagar, tío.

Lo tenso. Pasa la mano izquierda por la espalda, la mete en la bolsa y se la unta de magnesio. Ha debido de ver un apoyo.

—Si tuvierais tres tiros legales, ¿cómo los utilizaríais? —nos pregunta Lobo, que acaba de llegar de Dublín y también se aburre mucho cuando sube Jaime y suele sacar temas de conversación con los de la vía contigua. Hoy estamos nosotros para darle réplica.

—Los tres para mi exsocio de la empresa de sonido —le digo.

Lobo mira hacia arriba, a Jaime, que ha venido con su camiseta de Sergio Ramos.

—Mi primero para Sergio Ramos —dice.

—Pues mira, a huevo lo tienes ahora.

—¿Y tú, Paula? —le pregunto.

—Yo, a mi madre.

—Anda, ponte un arnés y te aseguro en otra vía, que he traído otra cuerda —le dice Lobo.

Oímos un grito. Jaime pide cuerda.

—¡Te doy un poco! —le digo.

No estoy seguro de si el gato quiere a todo el mundo o no quiere a nadie. Con todos se restriega, en todos los regazos ronronea y muerde con los dientes pequeños e inocuos a todo el que lo acaricia durante unos segundos. Creo que a Paula la aprecia más, quizás porque nota que ella es la que tiene más capacidad para amarlo. Miro el móvil mientras le habla. Ella le habla y él se lame los huevos. Se dirige a mí con el mismo tono con el que conversa con Futre y me pregunta si estoy chateando por Tinder.

—¿Tú te lo quitaste? —le digo devolviéndole la pregunta.

—Sí, solo me lo hice para aprender a follar bien.

Debe de ver estupor en mi cara.

—¿Qué pasa, es tan raro?

—Pues me ha chocado un poco la respuesta.

—Me lo hice la noche que me dijiste que no me sabía mover.

—¿Qué noche, qué dices?

—El día que me dejaste subirme a horcajadas para jugar. —Me quedo en silencio, mirando cómo sigue acariciando al gato—. El día que simulamos un polvo.

—Fue una gilipollez, Paula. Pero ¿quién se hace Tinder por ese motivo?

—Una niña de dieciocho años con muchas dudas.

Futre se ha subido a la mesilla de noche y, erguido, nos observa desde su mirada negra y obtusa.

—¿Cómo voy a saber yo si te mueves bien o mal en un simulacro con pijama?

—No llevaba pijama. Nunca te acuerdas de nada.

Le pido a Sara la agenda que el padre de Kurtco sube al Google Calendar. Colorea las semanas que le toca con él en verde y las que se queda a cargo de su madre en rojo. Anota las vacaciones, el baloncesto y las clases de guitarra.

Sara Ese extraño que recojo cada lunes.

Yo ¿Por qué extraño?

Sara No sé, es como si me volviera cambiado. No lo había pensado hasta ahora, al escribirlo.

Yo Escríbelo. Literariamente, en una viñeta. La maternidad vende mucho. Para *El lamento de la Hembra.*

Sara Que no me instrumentalices. Y esa novela no se llamaría así.

Yo ¿Cómo se llamaría?

Sara *Contralibro.*

Yo Ey, eso es que lo has pensado. Has pensado en el proyecto que te propuse.

Sara Te hablo de mi hijo y te lo llevas a tu terreno.

Yo Es que me ha parecido muy buena frase de partida. Pero dime, ¿vuelve raro o algo?

Sara Es como si me lo tuviera que reapropiar cada vez.

Yo Me gusta, escríbelo, va. Seamos los Curie de la literatura.

Sara ¡Que no me instrumentalices!

Le cuento a Olita la anécdota del novio impostor de Heidi. Su gesto se tuerce de forma progresiva, un gesto serio y reflexivo. No le hace ni puta gracia mi intervención.

—No me puedo creer que hicieras eso, ¿quién eres tú para decirle a esa chica que su novio le está poniendo los cuernos?

—Joder, usó a sus padres muertos para tirarse a mi colega. Y cuando le pilla, encima se pone chulo.

—Da igual, no se trata de él, se trata de ti. No entiendo cómo has podido arrogarte ese poder.

—Pero a ver…

—Te divertiste haciendo daño gratuitamente. Y disponiendo de la vida de los demás.

Callo y me como una nueva lección moral.

Jaime se sube la bragueta y felicita a nuestra compañera de piso por mantener el baño tan limpio.

—Parece un plato más que la taza de un váter —le dice—. Gracias, Paulaner.

Ha perdido trece kilos en mes y medio, come poco y mal y cuando termina, entra al baño a hacer la limpieza diaria.

—De nada, si no me importa hacerlo —responde.

—Estás muy cambiada, muy guapa, quizás es por el pelo, que te ha crecido un montón ya —le digo.

Se mete en su habitación antes de que termine la frase. Jaime trae la XBox al salón. Creo que necesita calor humano después de romper con dos novias en quince días, aunque nunca demanda nada, ni calor ni frío.

Entro en el dormitorio de Paula sin llamar, está tumbada en posición fetal mirando a la pared. Me siento en la cama y le paso la mano por el gemelo.

—Qué te pasa, tronca, cuenta.

—Nada —responde sin darse la vuelta—. Es que van a cerrar el hospital de día.

Ha quedado con Ana. Le va a ayudar a redactar una petición de fondos públicos a la Comunidad de Madrid que van a firmar decenas de antiguos pacientes.

—No nos van a hacer caso, pero bueno. Me ayudaron mucho con mis problemas.

Paula cambia de posición y me mira con un punto de recelo. Tiene marcadas las ojeras y los párpados inferiores algo irritados. Le pongo las manos en las costillas, pero me las aparta.

—Oye, estás papiroflexíca. Tú no te estarás metiendo los dedos, ¿no?

—Sí, pero en el coño —me responde.

—Si eso está muy bien. Pero eres una mujer y tienes que tener un cuerpo de mujer.

—¡Vete a la mierda! —me empuja fuera de la cama.

Dejo atrás su rueda en el tramo de la Sierra de Ayllón que va de Riofrío a Hontanares. Va muy mona, con el *culotte* del Decathlon, la camiseta corta blanca y una coleta de caballo rubia que le nace alta, en la coronilla. La espero en la ermita, orgulloso, bebiéndome un Aquarius.

—Subes bien —me dice mientras recupera el aliento—. Con lo que fumas te hacía más paquete.

Suda agua limpia, le brilla la cara, tiene la camiseta mojada en la espalda alta y recta, de nuevo lúbrica y sobria. Sonríe. A la vuelta, la llevo al único bar de Riofrío, donde dan un vino a granel que sabe más rico que cualquier ribera.

Me cobran a euro el chato y salimos afuera para beber en un banco. Ella se sienta y yo apoyo un pie en la tabla vieja.

El vino entra solo, así que vuelve a por cuatro más de golpe y coloca dos encima del banco.

—Dejamos dos en el banquillo —dice.

El verano no ha sido caluroso, aunque parece que se va a prolongar hasta principios de octubre, y eso, para esta zona de la sierra, es mucha prolongación.

El enganche físico ha trascendido a un estado de felicidad que sé transitorio, pero que se me agarra al pecho como el vino peleón a la cabeza. En Tinder te pueden rechazar veinte mujeres al mes, pero también puedes microenamorarte con más frecuencia, y esas pequeñas piedrecitas van pasando a la mochila. En realidad, no son piedras, son pequeños granos arenosos que forman una roca poliédrica. Eglys fue un granito y Sara va a ser otro más grande. Cuando termino el tercer vino le doy un beso conyugal y agarro la bici para bajar.

Tiramos por carretera, en la parte llana me saca unos metros con facilidad. Le miro el culo, las piernas, que pedalean con fluidez, y la cola de caballo, que se mueve de forma pendular.

Sudada sabe a mar.

—¿Por qué me mandaste la mierda de *email* ese? —pregunta después del polvo.

—Tengo la necesidad de consultarte cada paso que doy en la novela.

—Si luego no me haces ni puto caso. Y me escatimas lo que crees que no debería leer.

Sara también va al psicólogo, dice que la conoce mejor que su madre, que penetra en su cabeza de una forma sorprendente. Me jode que use ese verbo. El psicólogo está casado, tiene nuestra edad y recibe cada cierto tiempo un *mail* intempestivo de su paciente.

—La última vez se lo envié después de una mediación por la custodia.

—¿Y de mí qué te dice?

—Sabe que no te puedo tomar en serio, así que él hace lo mismo.

Ha anochecido hace dos horas. Sara se pone una sudadera mía que le queda holgada y una gorra de los Lakers que había por casa para completar el *outfit.* Pasa la coleta a través del hueco y se la ajusta. Cuando termina el proceso, se toca la visera con dos dedos y me guiña un ojo. Las estrellas forman una salpicadura de leche en el cielo negro. Se queda mirando un rato hacia arriba, como si viera un ovni.

—Te señalaría las constelaciones, pero soy un inútil para la astronomía.

—¿Ni la Osa Mayor? Mira, el carro se aprecia bien.

—Ni esa.

—Pasamos del momento romántico entonces.

Suena una canción de Hombres G de fondo, seguida de la mítica de los Nikis, que es coreada con entusiasmo: «El sol no se ponía en nuestro imperio».

—Vamos a ver qué hay ahí montada —me dice—. Pensaba que veníamos a alejarnos del ruido de la civilización.

Salimos de la colonia, la música proviene del otro lado de la calzada, flanqueada por árboles que no sé identificar, como no sé reconocer las figuras de las constelaciones. Cruzamos, oímos con más nitidez las canciones, las voces y los gritos. Detrás de un muro, en un palacete que ideó el doctor García Tapia como escuela de médicos rurales, celebran sus descendientes una fiesta más decadente que su apellido. Sara, que en la cena ha vuelto a beber vino, quiere encaramarse en la pared para espiar a los cuarentones nostálgicos. Se quita la gorra, la tira al suelo y apoya la punta del pie derecho en un hoyito, «aquí hay un pie clarísimo», me dice en jerga de escaladora. Pega un salto para coronar con la mano contraria, pero no logra agarrarse y se golpea una rodilla al caer. Se duele, pero se ríe. Se sienta en el suelo dando la espalda a la fiesta de los Tapia, se acaricia la rodilla por la que resbalan unas gotitas rojas que deshace con los dedos. Me siento a su lado, me inclino y le beso la herida, absorbo la sangre renovada, que me sabe a mar también, como me ha sabido todo su cuerpo esa mañana al bajar de la montaña.

—¿Quieres ir a casa y te echo Betadine?

—No, no seas flojo, aquí se está bien, cuéntame algo.

De espaldas a la fiesta, en el lado íntimo de la tapia, le resumo la historia de ese linaje, que es el que le vendió la casa a mis abuelos en los años setenta.

—García Tapia fue un médico famoso que viajó por Europa a finales del XIX para formarse, y a Filipinas en el 98 para tratar a los soldados españoles. Luego fundó el hospitalillo que está abajo, al final de la calle, y se hizo con medio pueblo. Hasta construyó un torreón que luego el padre de uno de estos perdió en una partida de póker. Uno crea el imperio donde no se pone el sol y los que vienen detrás se lo funden.

—Molaría que nos hubiéramos traído una botella de vino aquí, bebérnosla a morro mientras escuchamos el popito ochentero. Sería como estar en un reservado. Cuando suene una de Mecano nos vamos —me dice, mientras se limpia con la mano la sangre, que cada vez brota con más fuerza y ya es un reguero de lava en su pierna blanca.

—O cuando te desangres a lo Paquirri te llevo a Córdoba.

Dos canciones después empiezan a cantar lo de «maquíllate» y volvemos a casa entre risas.

Se sienta sobre el borde de la bañera y yo en el bidé, quedo a la altura de su rodilla, que limpio con ese tinte que oscurece la propia sangre. Tres goterones caen al suelo.

—Perdón. Perdón, puto vino. Ahora lo limpio.

—No pasa nada, ya lo friego yo. Tú vete poniendo una peli en el ordenador, que no tiene clave.

—Ostras. —Sara se quita la goma del pelo y avienta la melena rubia—. Me he dejado la gorra en la tapia de los Tapia.

Vacío el agua sucia del cubo, echo un par de chorros de detergente y lo lleno hasta la mitad con la alcachofa de la ducha. Aprovecho para fregar el baño entero, que está lleno de mierda, de insectos fosilizados y de pelusas. Pienso que debería haber acicalado un poco esto antes de que viniera Sara. Escurro la fregona volcando todo mi peso sobre ella y la dejo dentro del cubo. Me lavo las manos, los dientes y cruzo el pasillo hacia la habitación. Sara está en silencio, recostada, con el ordenador encendido. No ha puesto ninguna peli, así que está el fondo de pantalla de Apple, precisamente una constelación, e ilumina la habitación. Le digo que voy a poner *Relatos salvajes.* No me contesta, tampoco me mira. Le doy la vuelta. Tiene una expresión extraña, una especie de sonrisa dolida. No es una sonrisa, es una contorsión. Los ojos tampoco parecen los de ella, más oscuros, entreverados de algo que no quiero descifrar.

—¿Qué te pasa?

—Nada. Pon la peli.

A los cinco minutos desmonta la cucharita, se incorpora y dice:

—No puedo, no puedo, me voy».

—¿Qué coño pasa?

—Nada, pero me tengo que ir.

—Venga, no me jodas, qué he hecho.

—Hoy nada. Estaba todo bien.

Lo que se entrevera en esa mirada es decepción. Sara ha abierto Facebook mientras yo limpiaba y le ha enlazado directamente al mío.

—Lo que más me jode es que con alguna hablabas justo después de salir de mi casa.

—¿Te ha dado tiempo a mirar las fechas y las horas?

Abro mi cuenta. Veo que hay propuestas para ir al spa. A la última le insisto, venga, va, si te gusta follar con uno te gusta follar con dos, o con tres.

—Sabía que iba a encontrar algo —dice mientras recoge sus cosas—. Pero tanto, tanto…

—Con las que hablo por Facebook no significan nada.

—Si en el fondo me da igual, pero es que me ha dado un poquito de asco.

Mete el peine, el neceser, la cartera y la ropa deportiva hecha un gurruño en la mochila roja. Rezo para que se deje algo colgado de alguna silla vieja y tenga que volver. La intento parar, pero su mirada sigue sucia de las frases que le han machado la retina.

—Qué putada, joder, qué putada.

Se detiene un momento y se pone frente a mí. Mira hacia arriba, hacia las vigas de madera que protegen la casa del frío del invierno, como para concentrarse en la frase que me quiere decir.

—Escucha, no me voy enfadada, igual algo desengañada, y ni eso, porque ya me lo imaginaba.

La veo cruzar la puerta hacia la terraza y bajar los escalones que dan al jardín. La sigo con la esperanza de que se arrepienta.

—Es tarde, no puedes ir a Madrid ahora, estando así, además. Quédate.

—Si es que lo volverías a hacer mil veces. No estoy enfadada porque no te puedo exigir nada, pero tenía cierta esperanza, no sé, el *mail* de Nina, madre mía…

Me da un abrazo corto y se mete en el coche. No vuelve a mirarme. Me dirijo a la tapia de los Tapia para recuperar algo al menos, o en un afán de no perderlo todo. Ya no suena la música, ni siquiera *Un beso y una flor,* con la que yo cierro alguna vez el Thunder. La fiesta se ha terminado a ambos lados del muro. Cojo la gorra, manchada por un pequeño círculo de sangre, y me la acerco a la cara en un gesto mecánico. Huele a mar.

Temporada 4

FEBRERO DE 2018

Match con Estef el 1 de febrero de 2018. Me escribe a los dos días.

Estef ¿Qué pasa, que les das a todas y cribas después?
Yo Qué carácter, seré el único que no te habla de primeras.
Estef No, pero me jode más porque me he reído con el texto de tu perfil.
Yo Yo me he reído con tu tercera foto, la que te hizo tu ex.
Estef ?????
Yo Soy Antonio, el mejor amigo de Jaime.
Estef Ah, perdona. No te había reconocido.

No cancela la compatibilidad hasta la mañana siguiente.

Paula se duerme en mi cama vestida con sus pantalones cagaos de niña jipiosa. Le ha crecido bastante el pelo desde la última vez que se lo rapó. Ya se tiene que apartar el flequillo para que no le salgan granos. Es una mujer, es un chaval alegre y una niña doliente. Paula empieza a ser muchas cosas. A veces se enfada conmigo porque la trato a palabra limpia, porque le hablo como si fuera mayor, porque la retengo por la espalda el tiempo preciso y después la destierro a patada limpia, «hale, vete a tu cama». Cuando se marcha es una cría con la cabeza gacha, de sueño y de enfado silencioso, o un crío, que los niños no tienen sexo. Le falta el chupete y la mantita que barre el suelo hasta los barrotes de la cuna. Paula es muchas cosas, es un abrazo, un helado de chocolate, un caballo dibujado, una voltereta, un regalo de Reyes, una cama caliente, un pecado compartido. Es un ojo triste. Hoy se ha dejado la luz dada y la mano dentro del libro, atrapada por el sueño. La miro en lo que dudo si ponerme el despertador a la una y media o a las dos de la tarde. Pienso en la suerte que tengo. Paula es una mochila abierta en mi habitación, una herida también abierta, y una sonrisa aún más abierta, es una caja de rotuladores y un grito sordo, un brinco y una lágrima coagulada en un ojo triste. Es un texto lírico y torpe. Cuando le echo el nórdico por encima entreabre un ojo temeroso, cegado por la luz eléctrica de la lamparita, y me dice «ya me voy». La acaricio hasta que se le alarga la respiración de nuevo. Apago la luz, me acerco a su cuerpo y dormimos en una intimidad gozosa y doméstica.

Heidi Salgo de la psicóloga. Que lea feminismo.
Yo Ya te dije.
Heidi Sí, otra igual. Que me lea *El segundo sexo.*
Yo Qué te habrá visto…
Heidi Dice que tengo una conversación muy patriarcal.

Match con Estef, que me escribe de inmediato.

Estef Jajaja, solo quería comprobar si me darías like una segunda vez.
Yo Puto ego.

Estef Jajaja
Yo Eres mi mejor match de 2018.
Estef Y tú el mío, he tenido un enero horroroso.

Cancela la compatibilidad.

Pienso en Nina en muchas situaciones cotidianas, veo una pelusa volar y pienso, ¿qué opinaría ella?

Soy un viudo joven, la metáfora de una pérdida.

Puedo cruzar el día saltando de conversación en Tinder a conversación en Pof y viceversa. Nunca estoy solo. Siempre hay una voz en la pantallita, ya sea conocida o anónima. Puedo cruzar España mientras salto de una conversación de WhatsApp a otra de Line. Soy un viudo alegre.

Heidi ¿Crees que he nacido para ser una persona corriente?
Yo Sí. ¿Y yo?
Heidi Joé, ¿en serio, Anthony? ¿De verdad?
Yo Sí, ¿y yo?
Heidi Estoy demasiado triste para responderte.

Heidi es un personaje infantil.

Trago espaguetis con queso mientras me como una tertulia política. Reparo en un cartel rudimentario, apoyado sobre la cómoda del salón, en el que un cuerpo de mujer sin rostro representa a todas. Unos pelos ostentosos sobresalen a la altura del vientre, como púas de erizo, y debajo de ellos la leyenda «MI COÑO, MIS REGLAS».

Le pregunto a Paula, que me dice que se lo ha regalado Olita en la manifestación del 8-M. No sé si cabrearme con Paula por robarme a Olita o con Olita por robarme a Paula.

Match con Estef. Esta vez escribo yo primero.

Yo Solo quería comprobar si me darías like una tercera vez.
Estef Jajaja.

En esta ocasión no cancela nada.

Envío a Olita un meme en el que una silueta femenina pregunta a una masculina cuál es su grado de madurez del uno al cinco, a lo que el tío responde «por el culo te la hinco».

Olita Intercambiable.
Yo ¿Intercambiable? ¿Qué me hincarías tú, el pico de un libro de Nuria Varela?
Olita Con una buena indirecta valdría.
Yo Que sea buena y la aprovecho en mi texto.
Olita Cómprate un gramo de talento en el rastro, que estás escribiendo la novela gracias a nosotras.

Me cuenta por Tinder todo lo que cree que no sé que sabe de mí. Jaime pertenece a la especie del cabrón honrado, la piedra la tira, pero la mano no la esconde. Le pregunto si su *like* es para sacarme información.

Estef Si ya lo sé todo sobre él.
Yo Las cosas que está haciendo ahora.
Estef ¿Y cómo sabes que no seguimos hablando? ¿O incluso viéndonos?

Yo Como le digas que te he dado like tres veces me hundes la mayor amistad que tengo.
Estef Siempre me ha gustado tener balas para chantajear.
Yo Dime qué quieres y te lo doy.
Estef Quedemos mañana, 14 de febrero, que no tengo nada que hacer.
Yo Yo sí.
Estef Tú ahora sí.

Anulo la cita con la nueva chica *random.*

Me lo decía Nina, «nunca terminas los libros». Leo unos párrafos de Ford, de Umbral, de Salinger y de Vázquez Montalbán, y se me mezclan los estilos en un refrito infumable entre el realismo sucio y el lirismo tremendista que condiciona una escritura sin huella y sin identidad. Los dejo contra el suelo, abiertos por la última página que he leído. Parecen tiendas de campaña derrumbadas. Tengo más libros que ganas de leer. No me importa deformarlos, así parece que les he dado más vida. Los libros inmaculados no son estéticos. «Nunca terminas nada, siempre pasas antes a otra cosa, a otra historia, a otro manuscrito, a otra chica, a otro capricho». No me siento culpable. No me siento culpable por no haberme graduado en los años que correspondían, ni por no haber pasado de la página doscientos de *La montaña mágica,* ni por no haber completado mi primera novela. Y no me siento culpable por no culminar ninguna historia de amor que no sea la de Nina.

Elegimos La Malquerida, frente al Templo de Debod, un mexicano al que solía ir con Nina. Las mesas bajas están reservadas por parejas que no dejan pasar una fecha así.

Huele a amor tradicional y a tacos al pastor. Nosotros pedimos una jarra de margarita, que es lo único que necesitamos.

—¿En serio crees que he quedado contigo para que me hables de mi ex?

—No sé, un día me dijiste que no me tocarías ni con un palo.

—¿Que yo te dije qué? —pregunta inclinándose hacia delante y achinando mucho los ojos.

—Bueno, se lo dijiste a un perfil *fake* que me hice para espiar a una chica que me gustaba…

—Eres peor de lo que pensaba.

—Tú también, pero en este caso es un piropo.

Parece que le hago cierta gracia. Me fijo en la jarra de margarita, ya transparente. A Estef se le ha quedado congelada la sonrisa con mi último chiste. Me bajo de la banqueta y me acerco a ella. Huele bien. No me mira, creo que porque se lo espera. Me lanzo y me hace una cobra maravillosa, sin recrearse, llena de reflejos y naturalidad.

Mientras meo, escribo al Pegacromos.

Yo Me acaba de hacer la cobra una tía de Tinder en un bar.
Jaime ¿Y cómo se sigue una cita después de una cobra?

Mi médico de cabecera es un cabezón que parece más hipotiroideo que yo. Tarda mucho en llamarme y siempre me deja para el final.

—Ha perdido la pasión por su trabajo —me dijo Nina la tarde que pedí mis terceros análisis, los que acabaron con un incremento de dosis de Levotiroxina.

Siempre me acompañaba al médico, a la asesoría, al funeral del padre de un amigo, a ver a mi abuela, a pagar las multas, a renovar el DNI, al Mercadona, al banco, a las comidas familiares, a Correos, a comprar los regalos de Reyes, del día del padre, del hijo y del Espíritu Santo. Alguna vez me llegó a acompañar a la Fnac el día de su cumpleaños, el 1 de abril, el día de la derrota. Eligió un libro sobre las localizaciones de las pelis de Almodóvar.

—Paso de esperar más, me largo —le decía. Y ella me retenía hasta que al cabezón le daba por atenderme, de mala gana, como si yo no fuera susceptible de padecer diabetes, hipertensión, una malformación cardíaca no diagnosticada en la infancia, una ETS mortal.

—Si no te miras la tiroides, te vas a tirar veinte horas al día en la cama. Y yo con un viejo prematuro no voy a ninguna parte.

No está. He pasado más de media hora pensando en su compañía en esa sala de espera llena de viejas e hipocondríacos para pedir un cuarto análisis que me ponga la dosis en ciento veinticinco miligramos. Me voy.

La madre.

ESTEF ¿Te ha salido moratón o algo?

YO Qué va, no fue una cobra desdeñosa, de hecho disfruté el movimiento, ahí, soslayando lo justo.

ESTEF Una tiene arte ya en estas lides.

YO No fue una cobra de no te quiero besar. Fue una cobra de no te quiero besar todavía.

ESTEF ¿Por quién me has tomado? Nunca me tiraría al ex de una amiga ni a un amigo de mi ex.

YO ¿Y si tuvieras que elegir entre esas dos opciones?

ESTEF Te follaría a ti.

La puta.

Convenzo a Paula para que me dibuje arrodillado con un anillo en la mano frente a Sara. Ella tiene que aparecer embarazada, leyendo un libro de Duras y con la Torre Eiffel de fondo.

—Si quieres pinto la Capilla Sixtina en lugar del cielo también.

Le lleva una semana, pero queda muy logrado. La ha dibujado muy rubia, con la coleta alta y una curva cónica por boca.

Pincho en el Thunder esa noche mientras Paula me sustituye en el Honky. Están bastante contentos con el cambio. Que pinche una chica joven y sonriente le da frescura a un local de la vieja escuela. Quedamos a la salida, la recojo en el coche y me dirijo a Ventas, a la calle estrecha de Sara. Paula se queda dentro. Busco su Daewoo Kalos y coloco el dibujo del revés en el parabrisas.

—Como esto no funcione, a mí no me pidas más —me dice cuando regreso.

No recuerdo el primer polvo con Estef. Sé que fue un sábado postHonky en que estaba de guardia, borracha. Estef, que dejó el piso de Malasaña y a su compañera salesiana, vive ahora sola en un edificio de Doctor Esquerdo cuyo portal está presidido por un toldo blanco. Es un apartamento compuesto por una cocina americana que da a una habitación abierta. Tiene ropa tirada por el suelo, aunque la recoge con celeridad, la nevera vacía y un Mac Pro sobre una mesa de centro.

No recuerdo la impresión que me dieron los primeros polvos, quizás porque, aunque tenga un cuerpo como para calentarse en él durante un invierno entero, no me dio ninguna, así que aquí no puedo usar el presente. Sí tengo en la memoria que mereció la pena ir, por las risas, por quitarse uno las ganas de correrse con una tía que quiere seguir la noche cuando ya es de día, por hablar, por escuchar música, beber y tontear. Por olvidarme de Sara y de la angustia que me producía.

Recuerdo que comí, comí con fruición.

Pensaba que Jaime iba a pasar más tiempo con su novia después de que se quedara sin competidoras, pero ahora tiene una relación más estrecha con sus amigos de la Play, o de la XBox, que ya no sé a lo que coño juega.

—¿Y con Estef hablas todavía? —le pregunto.

Jaime pausa el juego, gira la silla de *gamer* que le echaron los Reyes, se quita los cascos y pregunta.

—¿Por qué la llamas Estef? Para ti siempre ha sido «la azafata».

Tengo una cita con una instagramera que se presenta con un *outfit* de *hipster nerd* muy cuidado. Flequillo recto, gafas *vintage,* uñas azules, labios muy rojos, medias tupidas bajo un vestido de corte *mod.* Ha tomado demasiado el sol y tiene una ligera expresión de Fofito que utiliza para explotar su vis cómica. Abre los ojos, los redondea y suelta algo muy serio con una expresión sarcástica, o algo cómico con un gesto impertérrito.

—Y entonces le dije a mi ex, mira, me habían follado bien, mal y regular, ¡pero todos con ganas!

Enseguida se abre. No concuerda su desnudo emocional con su disfraz de dominguera cibernética. Pido algo, ella no come nada, pero antes de que yo le hinque el diente al bao de *pulled pork,* me pregunta si puede hacer una foto al plato para subirlo al Insta. Se me enfría porque tarda en encontrar el mejor encuadre.

—No tengo el cuerpo para subversiones. —Interpreto que tiene la regla.

Conoce todas las bandas indies nacionales e internacionales, las de culto, las que venden cuatro discos, las que están empezando, las que estaban empezando hace años y nunca llegaron a nada. Es una «mod-erna» de verdad. Le perdono que rechace el polvo porque me hace gracia y vengo follado de casa de otro *match.*

Le escribo al día siguiente.

ANITA Mira, eres Bukowski con smartphone. Te adoro, pero eres peligrosísimo. Estoy buscando el amor romántico y tú ya lo has vivido todo.

Pasar lo que llevo de novela a los nuevos *matches* me está restando polvos. No contaba con los escrúpulos femeninos.

ANITA Como me caes bien, te voy a desvelar unos misterios. Esto es lo que escribí en el grupo de WhatsApp a mis amigas al día siguiente:

«Ayer por la noche quedé con un tinder con buena pedrada y triada; politólogo, escritor y dj. Ganó un premio por un microrrelato y me ha mandado su novela inacabada para que le dé mi opinión. Va sobre su apasionante vida sexual a tope de tinders y grupis de diyei en los cuatro últimos años, que es cuando rompió con su ex. Somos quintos y lo pasamos pipa, ahí dos mentes llenas de ego entendiéndose tan bien. No sé qué hacer porque su novela y la primavera me están devolviendo la libido, pero yo era su cita ciento sesenta y pico. Es Henry Miller con Tinder y siento que me puede pegar las diez plagas de Egipto aunque se ponga doble condón. Y yo soy de COU-B, biosanitaria».

Anita Durante toda la cita no tenía claro si me apetecía o no enrollarme contigo. Pero he decidido que ya, cuando dude, ni me voy a follar a ese tío ni me voy a comprar ese trapo. Ya estoy en una liga en que espero que entre «el abracito».

Yo «El abracito de después…»

Anita Y el de antes. Aspiro al amor romántico simplemente para seguir teniendo ganas de vivir, pero soy plenamente consciente de que lo único que puedo disfrutar es de la propia búsqueda. También te digo que tengo el tiroides un poco descolocado desde hace semanas.

Yo Ve al endocrino en lugar de al psiquiatra.

Anita Lo de las subversiones no era por la regla, era por eso, porque me apetece algo diferente. Además, hace dos meses tuve la peor experiencia sexual de mi vida, y ahora voy con extrema cautela. Habría sido chachi conocerte el primer año de mi separación, me habrías podido dar justamente lo que necesitaba.

«Chachi» es una palabra que usa mucho Heidi. Mientras escribo esta novela, me doy cuenta de la dificultad de dibujar un personaje, de que desprenda un olor singular, el suyo.

Paula ha vuelto de su clase de escritura creativa. Le pregunto de qué ha ido y me responde con desgana, mientras le quita la tapa a un yogur, que han tratado la diferencia entre persona y personaje.

—¿Y cuál es?

Estamos de pie, en la cocina, al lado de una mesa que no podemos usar para comer por falta de espacio y porque siempre la tenemos llena de trastos. En ese momento hay un paquete de pan de molde abierto, una tostadora de los Minions llena de migas negras, dos trapos de Ikea arrugados, una bandeja con un plato con restos de comida, unas galletas macrobióticas y un exprimidor de zumo manual que heredamos de la casera. Dudo de que, de usarse para comer, estuviera más limpia y ordenada. Paula despierta de su letargo, abre los ojos y los fija en mí.

—Pues me he dado cuenta de que tengo que tener más confianza en mí y decir lo que pienso.

—¿Y eso?

—La profesora nos lo ha preguntado, y de primeras no me he atrevido a contestar. Pero he pensado, a una persona, si le pinchas, sangra y un personaje no. Y luego ella ha dicho una cosa muy parecida.

—¿Menos gore que lo tuyo, que siempre vas a lo mismo?

—Sí, no sé.

Despachurra el envase del yogur con las dos manos y una gota densa cae al suelo.

—¿Entonces el logro del escritor debe ser que la sangre del personaje salpique fuera del libro?

—Pues metafóricamente igual sí.

—Ya sé que de forma literal no, tan lista en clase y tan boba aquí —le digo mientras le quito el envase que todavía aprieta, para tirarlo a la basura.

—¡Ay, que no me digas esas cosas! Pues ha dicho que el personaje no sufre. ¡Y no tires plástico en lo orgánico, joder!

Heidi sufre cuando lee sus fragmentos de la novela. Me manda uno de sus interminables audios de WhatsApp, en los que abundan imitaciones, falsetes y giros de la voz, como si me los estuviera cantando:

HEIDI ¡Ayy Anthony, salgo taaan feliz y taaan contenta de mi saico hoy, que soy una persona nueva! *(tono efusivo autosuficiente).* Te lo voy a contar mientras espero el Cabify *(tono neutro)*. ¡Ostras, que está lloviendo mucho, qué miedo! *(tono temeroso)*. El caso, que soy una persona nueva, al menos lo que me dure esta sensación de empoderamiento *(neutro)*. ¡Ay!, menudo rayo, ¿no? *(sorprendido)*. Total, que te he dedicado unos diez minutos de mi sesión y dice mi psicóloga que tienes unos cojones como una catedral, ya la tienes enfadada *(especial énfasis en la última parte de la frase)*. Y me ha dicho, este Antoniooo, es que este Antonioo... Me ha dicho que eres el ejemplo perfecto del *man-explaining*, que busque ese concepto, ahora lo voy a buscar *(tono neutro dentro de sus posibilidades)*. ¡Ayyy que está tronando, qué miedoo! *(lacrimógeno)*. Ah, y también me ha dicho que no me tengo que reír de los chistes. ¡Ay! Vaya rayo, chaval *(aquí baja la voz)*, vaya rayo, Anthony, tengo miedo *(casi un susurro, pero es lo que más natural le queda)*.

Yo ¿Solo diez minutos? ¿Ahora lo busco? *Mansplaining*, ese concepto es retro ya. ¿Cómo no lo conoces?

Heidi Bah, eres un «mansplainer». ¿Sabes lo que saco de hoy? a) Ya no me río de los chistes que no me hacen gracia; b) Admiro a mi saico; c) Mi saico tampoco se ríe de los chistes que no le hacen gracia; d) Me admiro a mí misma.

Yo a) Porque no los pillas; b) Tu saico es una saicoplainer; c) Quiere empatizar contigo; d) Supongo que eso es bueno, pero yo iría poco a poco.

Me manda dos audios más. «Bah, qué sabrás tú que eres un mansplaineerr, mansplaineeeeerr». En el segundo solo dice «mansplainnnneeeeeerrrrrrrrr».

Yo A ver, colega, que tú eres una persona que cuando vas a votar le pides al de atrás que te diga si hay que hacerlo por Podemos o por Ciudadanos, si pides los consejos a gritos.

HEIDI Ni colega ni colego, eres un mansplainer y un pertur, y estoy taaan contenta de haberlo descubierto que me voy a tomar una cerveza yo sola aquí en mi casa. ¡Toma ya, viva mi saico!

Leo en un ensayo de Ángel Zapata que no hay que pensar los personajes, son los personajes los que piensan la novela, o algo así. Qué fácil es volcar los diálogos de Heidi al ordenador.

Me gusta pinchar a cuatro manos con Paula, aunque se ponga nerviosa si le digo que una mezcla no ha salido bien. Mientras mi compañera de piso busca en el *pen Fuck Forever,* yo saco la cartulina número ochenta de mi carpeta de cedés, en la que aparece una lista de dieciocho canciones de indie español, le doy la vuelta y escribo «te quiero» en el centro. Le pido que dibuje un corazón al lado. Pone cara de cansancio, pero obedece. Nunca se me dio bien dibujar, especialmente corazones, el trazo no me sale limpio y acaban pareciendo palmeras de chocolate rancias.

Me da el relevo y una chica con el pelo muy negro, la boca pintada y los ojos rasgados me pide que le ponga algo que le guste. «Te puedo poner mirando a Cuenca, es muy movida, igual te mola». Redondea los ojos, me los clava muy seria y me responde que no le molan las canciones de los machirulos *street boys.* Me disculpo, no quiero que suba al encargado y me saque una hoja de reclamaciones. «Lo siento, no suelo beber y las copas de hoy me han sentado fatal». «Te perdono, igual es verdad que no tienes la culpa de ser tan gilipollas», me dice antes de volver con sus amigas. Rompo una tira del cartón y escribo la palabra «perdón» y mi número de teléfono. Voy a la columna donde está hablando con otra chica y se la doy.

—Hoy tampoco vamos a casa directos, ¿no? —me pregunta Paula.

Vuelve a quedarse en el coche mientras coloco la cartulina mordida entre el cristal y el limpia del Kalos de Sara.

Paula guarda silencio durante el camino de vuelta y, al llegar a casa, se mete directamente en su habitación. Últimamente prefiere dormir en su litera.

Estef es poco dada a alardes sexuales, pero cuando se pone a cuatro patas me pide que le dé más fuerte. Le pregunto si más fuerte significa más duro o más rápido. A la impotencia de la respiración agitada y a las cortinas de sudor que me caen por la frente y por las sienes cada vez que follo con ella, se le ha sumado esta vez una hemorragia nasal. Las gotas rojas se precipitan en su espalda después de tropezar en mi labio superior. No quiero parar el polvo ni que se desconcentre al temer que se le manchen las sábanas. Agarro sus bragas y me tapo la nariz con ellas. «Es más fuerte, solo más fuerte», me dice cuando vuelvo del baño con un trocito de papel higiénico en la nariz. «Y deja de meterte coca». Me cuenta que no sangra por la nariz desde su viaje a África y la conversación deriva al medio minuto. Estef, que es discreta como una tarántula, me dice que nunca había visto un pene tan grande como el de una jirafa que fotografió, hasta que vio la de un negro de Zambia. «¿Y lo cataste?». «Yo no cuento esas cosas», pero busca en el móvil la foto de la jirafa cipotuda. Al llegar a casa gasto media hora de mi vida estudiando el tamaño medio del rabo de cada tribu africana.

Es siete de abril, hace ocho meses que Nina no me habla. No puedo ver ni su foto de perfil de WhatsApp. Pido a mi hermano pequeño que me deje mirarla desde su móvil.

Seis de la mañana, salgo del Honky. Le mando un wasap ebrio a Sara por nuestro aniversario.

—Echo de menos tu culo redondo.
No me contesta. Al día siguiente tampoco, ni al otro.

Jara me recibe con un almohadón en la mano, mullido como su sonrisa, y me ofrece la funda para que le ayude a remeterlo. El último trago de un ribera me acopla en su regazo. Es un segundo almohadón, incluso más confortable, que también remeto. Lee mis textos con atención y pericia, que por algo es una bondadosa profesora de literatura. Desnudos, en su cama blanda y esponjosa, como todo en esa casa, leemos poesía hispanoamericana. *Trilce,* triste como yo, dulce como ella, y la prosa poética de *Altazor,* y le explico que lo que yo pretendo que sea esto es un alarde poético. Opina que Nina es un personaje amargado y castrante, lo que significa que he errado el tiro literario. Su favorita es Sara, que tiene voz fuera de mí. Yo confío en su criterio docente. Lo que pasa es que Nina no es un personaje narrativo, es un canto, un ser lírico. Los cuatro puntos cardinales son tres: el sur y Nina. «Haces dudar al tiempo». ¿Por qué Huidobro cantó a Nina más de medio siglo antes de que ella naciera? Si el amor es la eternidad, seguramente ya existiría en ese tiempo, y también en la época medieval, donde se hacía llamar Isolda. El polvo con Jara tampoco es narrativo, es un abrazo largo, una mirada cálida y un beso húmedo que se pierde en el limbo giratorio. Le sabe a poco, ella aspira a ser también un punto cardinal.

Heidi trabajó en KPMG, pero se cansó de echar horas y ahora gana menos de cuatro mil al mes en una empresa familiar. Le alcanza para un apartamento reformado en Bravo Murillo con piscina climatizada. Me cruzo en la puerta con consultores trajeados que no pasan de la treintena.
—Échate el novio aquí, así pijo, como tú.

—Yo no soy pija. Y como me toques las narices no te dejo quedarte en el piso —me advierte.

A Heidi no le pega ser una triunfadora, pero tiene ese tipo de inteligencia de hormiguita economista y la responsabilidad y capacidad de sufrimiento que se les exige a las niñas. Le gusta hacer favores. Cree que así la van a querer más. Viaja a Polonia dos veces al mes para cerrar no sé qué acuerdos, tampoco pongo mucha atención, y se suele quedar unos cuatro días. Esta semana se reúne con un sesentón al que le tiene que sacar una firma que vale millones.

—Solo te pongo tres condiciones: que me lo dejes igual o más limpio de lo que está, que no te bebas las cervezas artesanas y que no te subas a ninguna chica para frungir.

Le mando a Jara su viñeta. Me responde lo siguiente: «Nada como echar un polvo que despierte el lirismo hacia otra chica».

Está visto que el ego es lo primero.

Sin ego no hay escritor.

Los amigos de El Pilar se reían porque les contaba que el Sol era su hermano y la Luna su hermana.

—Estuve hasta los nueve años así, presumía de tener esos dos hermanos, la Luna y el Sol, imagínate, mientras ellos tenían hermanos normales, qué pringaos, con brazos y con piernas.

Su madre había perdido a unos mellizos un año antes de nacer ella. Le contaba cuentos donde aparecían la estrella y el satélite y, cuando acababa, le pedía que no se olvidara de ellos, que estaban ahí para protegerla.

—La Luna y el Sol, la Luna y el Sol —canturrea Paula, imitando la voz pasada de su madre.

—¿Le vienen de ahí sus movidas mentales?

—No lo sé, igual también de cuando mi abuelo se suicidó.

—Eso es genético.

Paula se acaricia las cicatrices del brazo, pasa una yema por la grande, la que tiene relieve, trepa hasta la cima y baja por otra vertiente.

Empiezo a tener una rutina cinematográfica, etílica y sexual con Estef. Disfruto más de las dos primeras. Hay pocos besos y, aunque es de vulva mágica, como Sara, perteneciente al club de los coños acuosos de Jaime, y me gusta comérmela como si fuera una raja de sandía, después me da la sensación de que no llego a la meta, como ciclista que sufre una pájara.

—Me besas poco incluso en la cama.

—Es que soy un poco langui, sentimentalmente hablando —responde.

Yo Bravo Murillo 52, 4.9

Chica swinger Ok. Tardaremos como una hora o así.

Dejo el móvil al lado de la toalla y me vuelvo a meter en el agua. Olita nada hacia mí pero, antes de que me alcance, la salpico para que no me abrace. El socorrista es bastante portera y no quiero que hable con Heidi y se me acabe el chollo. Ya en el piso, nos duchamos juntos. Me estira la polla con la mano cerrada, como si cogiera del mango una raqueta de tenis y comprobara el grado de adhesión. Se la retiro y la beso. Quiero reservar fuerzas para la chica *swinger* con la que he contactado a través de un perfil *fake,* donde tengo la foto de una mujer con el rostro pixelado y un texto en el que explico que somos una pareja que busca otra para intercambio; Paremaja: «Solo somos dos personas que hacen lo que a las personas del siglo XXI les gusta hacer. Leemos una media de doce libros al año, no decimos más de tres incoherencias al día y no nos gusta hablar en plural». Contesta Patricia, de veintidós años. Tiene un bebé con Miguel, de treinta y tres. Son noveles y no deja claro quién de los dos ha tomado la iniciativa. Se presentan con unas empanadillas y unos saladitos de sobrasada que han comprado en una pastelería de su barrio.

Heidi me manda la foto de un polaco de metro noventa con la frase «ojalá fuera el pdmh» (padre de mis hijos). Solo se quieren reproducir los cuñados, y lo hacen, cumplen su amenaza y llenan el mundo de futuros compradores de saladitos.

Cuando levanto la vista de la pantalla, veo cuatro cervezas artesanas abiertas encima de la mesa y las empanadillas que la pareja ha traído en el centro. «¿No coméis?», pregunta Miguel. Olita, que es la que ha recibido la ofrenda en la puerta, se ve obligada a no hacerle el feo y coge una de atún.

Patricia habla mucho, se bebe la cerveza en diez minutos, cruza y descruza las piernas, mostrando unos muslos blancos y delgados en cada cambio de postura. Su novio es parco en palabras. Mira mucho a Patricia, suda y está alerta. Cuando dice algo, explica, sentencia, mueve las manos, corrige a su chica o le pone una mano en el muslo, quizás cansado de tanto baile de piernas.

—No quedan casi cervezas, ¿os parece si saco una botella de tequila? —grito desde la nevera.

—Por mí síii —responde Patricia, gritando aún más fuerte.

No está acostumbrada a beber (nueve meses de embarazo más los cuatro de lactancia), sonríe mucho y empieza a hablar de más. Olita la escucha con más atención que a su compañero.

—No lo buscamos.

—Tomabais precauciones —le pregunto.

—No —responde Miguel por ella mientras se come el tercer saladito de la noche.

—Es una manera de buscarlo.

—Él quería. —Hace una pausa y se sirve otro chupito—. Bueno, solía hablar de ello.

Le pregunto a Heidi por WhatsApp si sabe dónde se compran las cervezas artesanas que tiene en la nevera y me responde que las trae de Reus su padre para bebérselas cuando la visita.

Olita le está explicando a Patricia qué es el intercambio *soft*.

—¿Entonces no llegaríamos hasta el final? —le pregunta.

—La idea es que Oli y yo hagamos cosas y vosotros las repliquéis a nuestro lado —interrumpo.

—Bueno, esa es idea tuya y yo me acabo de enterar —dice Olita.

—A ver, pero explícame, qué cosas —vuelve a preguntar Patricia.

—Pues, por ejemplo, yo le como las tetas a ella y Miguel hace lo mismo contigo. Entonces podríamos cambiarnos y Miguel se lo hace a Olita y yo a ti.

Sonríe cuando termino la frase, vuelve a descruzar las piernas, se pone una mano en un pecho y mira a su novio.

—Yo eso no lo veo muy *soft* —dice él.

—Luego Olita podría meterse mi polla en la boca y tú la de Miguel y hacer igual, cruzarnos.

—Madre mía —exclama Patricia.

—A ver, hoy hemos venido de prueba. —Miguel coge un saladito más, lo parte en dos, mira el relleno rojo, que sobresale de una de las mitades, mira, serio, a su novia y le ofrece la otra porción.

—Yo tampoco sé si hoy es lo más recomendable —dice Olita.

—Pff no sé. ¿Dónde está el baño? —pregunta Patricia—. Tengo que mearlo todo.

—Ven, te lo enseño —le respondo.

Salgo del salón y recorro el pasillo de Heidi seguido por Patricia, que se para a la mitad para mirar los vestidos que tiene colgados nuestra involuntaria anfitriona.

—¿Son de Olita?

—No, son de mi hermana, la casa es de ella en realidad.

El baño está dentro de la habitación. Enciendo la luz y recojo las dos toallas que hemos dejado tiradas al ducharnos.

—No te preocupes, me da igual el desorden.

Patricia se recoge el vestido, se baja las bragas, se sienta en la taza y empieza a echar un chorro largo y sonoro como una cascada.

—Es que he bebido mucho —me dice.

Tiene un aspecto infantil, rodillas juntas, bragas por los tobillos, una posición vulnerable, impelida por sus necesidades más básicas. Ha terminado de mear, pero no se seca, ni se levanta, ni mueve un músculo. Me bajo la bragueta, doy dos pasos hasta quedarme a unos veinte centímetros de ella y me desabrocho el botón del vaquero. Me la saca, doy un pequeño paso hacia delante y noto cómo las puntas de su melena me cosquillean las caderas. Me lo hace con ganas, con más hambre del que su novio ha demostrado zampándose la bandeja de saladitos. Le miro la raya del pelo desde arriba, le manoseo la cara, dejando llevar mi mano derecha por su movimiento rítmico, en un balanceo de metrónomo. El deseo me sube por los huevos con más rapidez de la habitual. Decido controlarme, esperar el momento adecuado para derramarme, como decía Eglys. Miguel aparece en el umbral de la puerta, que hemos dejado abierta, y veo la sombra de Olita detrás. Patri acelera el ritmo de su cabeza, sorbe y se ayuda con la mano para darle aún más velocidad. Levanto la mirada y la luz de los focos del baño me ciega por un momento. La vuelvo a bajar para saludar a Miguel, que tiene un pegote de sobrasada en la comisura izquierda.

Heidi vuelve de Polonia indignada.

—¡He cerrado un proyecto de un millón de euros, de un millón de euros!

—Joder, enhorabuena.

—Y durante la cena mi jefe me suelta: «¿Cómo le has roneado al viejo para que firme tan rápido?».

—¿Y se lo dijiste?

—Se lo dije, la saico me está viniendo muy bien. Les dije que me había preparado la estrategia, memorizado los números, ensayado el discurso en inglés, las contestaciones a sus preguntas, a sus respuestas. —Heidi gesticula para explicarme la escena. A veces sobreactúa con una base—. Y me dijeron que si estaba cabreada porque se me pasa el arroz.

Se detiene por un momento, suspira, «ay, Anthony», cierra la maleta que tenía abierta encima del sofá, se coloca la mano derecha en la cintura, estira la espalda y otea el salón con la severidad de una profesora de matemáticas.

—Oye, pues no está nada mal, pensaba que me iba a encontrar con una leonera.

A horcajadas sobre mí, se besa apasionadamente con su novio. Tengo la espalda contra el colchón y los pies apoyados en el suelo, formando con las piernas un ángulo de noventa grados. La chica hace sentadillas sobre mi pelvis, pero se concentra en ese beso, en que encajen sus bocas y sus miradas. El tío le saca la lengua, pone los ojos en blanco, la coge del mentón con una mano y gime. Arrodillada todavía, Fresita se limpia el chuflote con el clínex de una de las cajas que el local pone a disposición de los clientes en cada estancia. El novio de la chica sale a por otra copa, ella se recuesta sobre mí, cierra los ojos y sube el ritmo de los golpes. Al rato se disculpa.

—Es que solo me puedo correr con mi novio.

—Esa es la verdadera fidelidad —le respondo.

Al salir, Fresita me coge del brazo y se acurruca. Aparto los bucles rojizos de mi cara.

—¿Por qué nunca me haces mimitos?

—Porque nuestro rollo es otro.

—¿Y no se pueden tener los dos rollos? Quiero que me quieran así.

—No creo que nadie medio listo fuera a picar contigo.

Nunca más me volvió a acompañar a ningún antro.

Patino con Estef por el Retiro. No es una virtuosa, pero tiene un estilo elegante en casi todo lo que hace. Le digo que nunca paso vergüenza ajena con ella.

—Ah gracias, yo tampoco contigo, a pesar de lo monguer que eres.

Solo me aburre cuando coge carrerilla y lleva ella la conversación. Habla de su trabajo, de sus compañeras, de la soberbia de los pilotos, pero enseguida le suelto alguna gilipollez y se centra en lo verdaderamente importante. Me gustan sus contradicciones, es reservada y desvergonzada al mismo tiempo, insegura por momentos, nunca cuando está desnuda, responsable en su trabajo y drogadicta en las fiestas de su pueblo, es digna y libre, aunque esto no constituye una antítesis.

—Soy un poco pato patinando, como habrás visto.

—Qué va, y el *outfit* de deportista casual te queda muy bien.

—No me ha dado tiempo más que a cambiarme. He hecho dos vuelos Madrid-Lyon hoy.

No se ducha. Aun así, bajo despacito hasta su ombligo y no hace intención de retirarse. Es agua, es la vulva mágica que, después de una jornada laboral y tres cuartos de hora patinando, solo destila agua limpia de las montañas más altas. La como por detrás y le entra la risa. Ya no para hasta que doy por terminada la función.

—¿Qué coño es eso de partirte el culo cuando te lo estoy comiendo?

—Perdona, es que me ha hecho gracia.

Sin ego no hay matcho.

Suena *Espíritu olímpico* en el Mac de Estef. «Gitana si me quisieras, gitana si me quisieras, yo te compraría en Granada, la mejor cueva que hubiera…». En las letras de Los Planetas abunda ese calificativo. Estef es morena como un lagarto del Albaicín. En la agenda la tengo grabada como «Duquesa», porque es como la de Alba, que igual le daba tomar el té con Isabel II que bailar sevillanas en un descampado lleno de yonquis. Se lo cambio por «Gitana». «Aunque tengas más amores que flores tiene un almendro, ninguno de ellos te quiere como yo te estoy queriendo». Busco metáforas sobre ojos negros en Google, que así se escribe en el siglo XXI, pero solo aparecen mierdas. Los símiles trillados matarían la belleza flamenca de Estef, sus ojos oscuros y juguetones como…

Sara me visita por sorpresa en el Honky. Coincide con Heidi, que se ha llevado a su nuevo ligue de *app*, y con Paula. No la reconozco a primera vista. Es solo una rubia enfundada en unas medias de rejilla y un vestido negro que le deja la espalda al aire. Va cargada de abalorios, un cinturón ancho del que cuelga una cadena plateada, una pulsera de pinchos y un collar de perro. Calza unas sandalias de plataforma y, por tanto, mide cinco o seis centímetros más de lo habitual.

—Estás muy solicitado hoy —me dice.

—¿Eh?

Se cabrea porque no la reconozco. Le intento explicar que, fuera de contexto, mi cerebro no es capaz de atribuirme ningún tipo de relación sexual con una chica tan guapa. No le convence mi argumento, ni siquiera lo toma como un piropo, me rechaza una invitación y agarra la carpeta de ciento cincuenta cedés que descansa sobre la repisa que tengo detrás de mí. Lee las primeras canciones, escritas con una letra femenina.

—Estas listas me las escribió Nina.

Sara pone cara de fastidio.

—Ya lo sé, tengo bastante empollado lo que llevas de novela.

Le digo que necesito que me corrija la tercera temporada. Su enfado va en aumento.

—Qué pereza das.

Me quita la copa un momento para darle un sorbo.

—Que no me esperaba yo que viniera Lisbeth Salander a visitarme hoy.

—¿Pues no me pediste veinte veces que me vistiera de gótica?

—Pero que no me has avisado ni hostias —protesto.

—Nina es como la habitación cerrada del hijo muerto. Ventila un poco.

Me da un beso en la boca, se despide de Paula y se vuelve por donde ha venido.

A los diez segundos me envía un wasap.

Sara Mírate el mail.

—¿Quién era esa tía tan oscura, Anthony? —me pregunta Heidi.

Paula le proporciona la información y le pregunta por un tatuaje que asoma de la manga de la blusa.

—Es un hada acostada en una media luna, con los pies colgando. —Se dirige hacia mí y me grita—: ¡A que no me pega nada, Anthony!

El enésimo candidato de Heidi también nos deja antes de que termine la sesión y salimos los tres a la calle Covarrubias, bebidos y trasnochados. Heidi me dice que no le cuaja nada, que le comen la oreja todos hasta que logran frungir y después la ghostean de golpe o a plazos.

—Es que si en el perfil pones que buscas tíos con las ideas claras, ellos interpretan que te tienen que mentir para metértela.

—Al final sois todos unos perturs.

Alberto no tiene 33 años, tampoco se llama Alberto. Me han convencido para empezar a ligar por Internet y lucho por que la prosa tinderiana no acabe de rematar la poca fe que me queda en el hombre como compañero de juego. Los que eligen nombres falsos y mienten sobre su edad suelen tener tantos complejos como delirios de grandeza. Este combina la única foto en la que parece capaz de sonreír con otras dos en las que apenas se le ve. En todas parece meter tripa. Vende literatura, música y corrección ortográfica. Habrá que verlo. No tarda ni diez minutos en anunciarme que pincha en un garito ni doce horas en mandarme esos textos tan publicables que nadie le publica. No tardo ni veinte días en descuidar los discursos de Hollande para empezar a corregírselos en horario laboral. Al presidente de Francia lo puedo desatender, pero a Kurtco no. Apago el ordenador. A escribir no se aprende follando.

Yo Plagio
Sara Parodia
Yo Te has quedado a gusto.
Sara Hay que tener cuidado con lo que se desea.

Paula y Olita entran a casa juntas, cagadas de la risa, cargadas de sobres.

—¿Qué pollas hacéis ahora? —les pregunto.

—Siempre con la polla en la boca —me responde Olita—. A ver cuándo pollas te comes una.

Paula me extiende un sobre.

—Eres uno de los invitados vip de la fiesta del entierro de mi heterosexualidad —me dice.

«Sábado a la noche, todavía no cobré», porque son las cuatro. Estef me escribe.

Estef Estoy en un bar inmundo, el Black Star, ya solo el nombre es triste, muy early 90s.
Yo ¿Si paso debajo del toldo sobre las seis y media me abres?
Estef Inténtalo.

Me recibe despeinada, con una sonrisa entre pícara y tímida. Es demasiado langui como para ofrecer siquiera los dos besos protocolarios. Es su esencia contradictoria, transmite calor humano sin necesidad de hacer nada, ni una palabra cariñosa, ni un beso de despedida.

Me comenta su noche por encima, saca dos latas de cerveza y fuma mientras escuchamos en el Spoti de su Mac grupos oscuros, como de costumbre.

—Pues ahora me lo estoy empezando a gozar con C. Tangana, otro *guilty pleasure* que añadir a la lista —me dice—.

Esta vez por culpa de mi hermana, que lo escucha en *loop* en el coche.

Pone Astrud: «Y si cambio de idea sobre ti, y si cambio de idea sobre lo nuestro, y si cambio de idea sobre ti y si cambio de idea sobre lo nuestro y mi nueva idea es el negativo fotográfico…».

—¿Cómo fue la ruptura con Jaime? —le pregunto.

—No sé, en la última época pasaba del «te quiero» al «zorra mentirosa» en cuestión de minutos. Tres veces al día, como el cepillado.

Terminamos las cervezas y nos vamos a la cama. Hoy no me retira la cara cuando intento besarla. Las cobras en la cama son las más crueles. Está a gusto, se sube encima, se concentra para correrse y rezo para que lo consiga. Con Estef siempre pienso en lo distinto que se folla según a quién tengas enfrente. Y no quiero pensar en cómo lo hace ella en otras circunstancias, porque la verdad es que tiene potencial. Folla conmigo como yo lo hacía con Eglys, por un motivo muy alejado del físico. Quien más come es quien más desea.

—Creo que tu personaje me va a joder la novela. En principio no había sitio para ti.

—Nega.

—¿Te molestaría que me enamorara de ti?

—Eres monguer, y un cínico, eso no va a suceder.

—Eso es que te molestaría o que no.

—Eso es que si me lo dijera otro me molestaría hasta el comentario, pero tú solo quieres jugar. Además, el día de nuestra boda aparecería Paula con una heridita en el dedo gordo del pie que se habría hecho cortándose las uñas y correrías a ver qué le pasa.

—No le das ni una concesión al amor.

—No soy una suicida. Por cierto, si mi personaje crece en la novela, ¿qué vas a hacer con Jaime?

No quiero pensar en cómo follaba con él. O si lo sigue haciendo. La frustración es el estado natural del matcho, el estado natural de los amantes.

* * *

Llevo meses sin verla y el mito crece. Cuanto más lejana la tengo, más presente está en las pelusas de la calle. Si pudiera ser monógamo, si pudiera volver, pasaría dos horas al día arrodillado en su regazo, diciéndole todo lo que la quiero. En cambio, paso la semana saltando de conversación de Tinder a conversación de Pof. Nunca estoy solo, ya chatee con Estef, con Olita, con un fichaje casual o con las tres a la vez. Cualquier intercambio de mensajes, por insignificantes que sean, me proporciona una reconfortante sensación de compañía y de calor. Soy un viudo alegre.

* * *

Me gusta chatear con Estef, responde con chistes, con contenido, me río y me estimula. No me crea desazón, no me importa con quién más habla ni a quién se folla. Toma la iniciativa para quedar. Pienso que está demasiado buena como para tomarla yo. No le gusta que le diga que está buena. Recuerdo la frase de mi tío, «a las que son guapas, les dices lo listas que son, y a las que son inteligentes, lo guapas que están». Estef es lo suficientemente inteligente como para que no tenga que seguir consejos de alcahuete.

Veo *Verano del 93* con ella en los Renoir, antes de que se vaya a recorrer el Camino de Santiago, cosa que no le pega un cagao. Le cojo la mano, responde apretando la mía, la miro a veces, miro cómo le cae el pelo lacio por el hombro, la suelto, le toco los muslos por debajo del vestido. Siempre he entendido el cine como un acto íntimo de pareja, como si la historia que transcurre en la pantalla fuera una nueva vivencia conjunta de dos personas que se quieren. Por eso nunca voy en la primera cita, ni en la quinta. Por eso, hasta hace poco solo fui con Nina.

Le gusta mucho, más que a mí, quizás porque los dos personajes más importantes, la niña y su madre invisible, son mujeres, quizás porque está escrita por otra, que es la huérfana crecida. A la salida, mientras se toma un Bloody Mary en una terraza de Martín de los Heros, me cuenta su verano del 93, que no tiene mucha chicha porque era una niña de seis años, pero tuvo una primera experiencia romántica dentro de una tienda de campaña en un pueblo de Zamora.

—Fue bonito, la primera vez que un niño escuchaba mis problemas y los entendía. Hasta ese momento solo me había ocurrido con niñas, pensaba que el sexo opuesto estaba incapacitado para llegar a esos niveles de comprensión.

—¿Qué problemas tenías tú con seis años?

—Las cuatro chorradas que te preocupan a esa edad. Ojalá las recordara. Pero no hay una edad en la que no sientas angustia, ¿no?

La película y los cócteles abren a Estef como a un baúl de los recuerdos.

—Hoy estás dejando a un lado tu parte langui. ¿Te empiezan a andar los sentimientos?

—Es que no solo tiene vida interior la gente a la que le da por escribirla. No soy tan fría como piensas. —Estef bebe el

Bloody sorbiendo de una pajita mientras me mira a los ojos—. Solo que no te voy a estar a ti contando mis penas y mis inseguridades.

—La impresión que una persona tiene de la otra suele ser incompleta, injusta.

—Es que no sé por quién me tomas, en realidad soy el resultado de dos años de psicóloga, Alprazolam, Escitalopram y muchas lágrimas. Ahora ya sabes algo más. Acabaré siendo una señora que le da tragos a una petaca mientras lleva a los nietos al parque.

—A qué nietos, Estefi.

—A los de la vecina, claro.

—¿Escitalopram?

—Escitalopram.

—Pues al final no has quedado tan mal.

—Qué va, solo me estoy follando al mejor amigo de mi ex.

Nina sí ha visto *Un asunto de amor.* También las dos precedentes. Yo las conocí por ella, que me ha metido por los ojos la mitad de la cultura que he amontonado en estos treinta y seis años.

Siempre lo quise hacer con ella, supongo que porque todo lo he querido hacer con ella y con ella he querido hacerlo todo. Cuando en nuestra relación empezaron a faltar los besos y a sobrar las hostias, comencé a fantasear con un periodo de tiempo que purgara el quiste de reproches que se había ido formando. El tiempo lo cura todo, dicen. Le propuse recrear la peli, con la ingenuidad de que la idea le iba a fascinar. Me preguntó si pensaba ser casto durante esos tres meses.

Ahora no tengo nada que perder, como mucho saborearé el placer masoquista del castigo injusto.

«El karma te lo va a devolver todo junto», me dijo en uno de sus últimos chats. «Ojalá alguna de esos millones de tías a las que le mandas tu novela la haya registrado ya. Lo primero en esta vida es ser humilde. Y lo segundo, no dar el coñazo a los demás con tus películas».

Envío la propuesta por *mail,* única vía donde no ando bloqueado. Miro la fecha, 23 de junio de 2018.

«Te cito a las 19:00 del 23 de septiembre de 2018 en la azotea del Círculo de Bellas Artes. Si apareces, vamos a Estremoz a recoger la caja del tiempo esa misma semana».

Algunos sábados de madrugada dejo el coche en el aparcamiento de la glorieta de la Casa de Campo, cansado de buscar sitio en la zona de pago. Cruzo hacia casa y veo a Paula sentada en mitad de la pasarela con una botella de litro de Bezoya. Tiene los dos ojos tristes.

—¿Qué coño haces aquí?

—Contar coches.

Cada diez o quince segundos pasa uno. En mitad del puente el suelo tiembla al paso del peatón. Está sentada con la espalda recta y las piernas cruzadas. Encaja la cara entre dos barrotes. Tiene la mirada fija y la botella bien agarrada. Amanece, el líquido tiene un tono opaco, sucio.

—¿Me das un poco? Tengo la boca seca de tanto alcohol.

—No es para beber.

Mi padre, que en ocasiones me calzaba unas hostias finas por suspender matemáticas o por picar a mi hermano pequeño, nunca me regañó cuando me escapé de casa una noche de noviembre y tuvo que venir a recogerme al Retiro de madrugada. Tampoco cuando apunté con una pistola de bolitas a un árbitro en un partido de baloncesto y el director y mi entrenador lo citaron para decirle que me expulsaban una semana. Tenía ya quince años, cuatro menos de los que tiene Paula. «De pequeño era un chico alegre y sociable, no sé qué le ha pasado», dijo el entrenador al despedirse de mi padre.

Me agacho junto a ella, que sigue mirando la autopista, y engancho la botella de la corona, pero no se la logro arrancar.

—Que tengo sed —insisto.

—Que no es para beber. Tienes el grifo de casa a un minuto de distancia.

Le agarro las dos muñecas, se las paso por la espalda y las apreso con una sola mano; con la otra le quito la botella.

—¡Me has hecho daño, animal!

Me incorporo mientras Paula se frota las muñecas con los dedos de la mano contraria y me acerco la botella lentamente a la boca. La etiqueta está gastada, rasgada por un lado. Paula se levanta de un salto y le da un manotazo a la altura del culo. La botella sale disparada y cae los cuatro metros y medio que la separan del asfalto. Suena un claxon.

—Tu madre era muy dramática. No tienes por qué imitarla. Va, te invito a un zumo en el Urogallo.

—Zumo doble.

—Vale, zumo doble.

—Con dos tostadas de tomate.

—Con dos tostadas de tomate.

Hay dos chicos, un púber de doce años, todavía inocente, y una niña de seis. En el verano de 1993 cada uno juega en el pueblo de sus abuelos, ajeno el uno a la existencia del otro. Después de muchos años, de que cada uno perdiera su inocencia en arroyos distintos, sus ríos se cruzan, se conocen, se reconocen, se arrullan y se arrollan.

El chico, ya metido en la treintena, toma la cadera desnuda de la mujer, que duerme de costado. Piensa en lo lejos que estaban hace un tiempo, en lo improbable que era conocerse cuando ambos eran pequeños. La imagina jugando a ser gitana con su hermana pequeña, vestida con un traje blanco estampado con lunares rojos y desea pertenecer también a su infancia.

El río de Estef y el mío se han arrollado de forma tranquila, el caudal ha crecido gradualmente, sin desbordarse, pero de forma constante, como si hubiera caído una lluvia ligera pero pertinaz en nuestro abrazo, en nuestras copas y en nuestro WhatsApp. El río de Estef se cruzó antes con el de Jaime y, antes, el de Jaime con el mío. La naturaleza no se puede domesticar.

Olita y yo descubrimos un nuevo local, un spa nudista con un jacuzzi, una terma, un baño turco, una sauna seca, una salita con una camilla alta para masajes, dos estancias privadas y una sala árabe en que suenan melodías que te incitan a bailar la danza del vientre. En la planta de arriba hay una sala grande, un cuarto oscuro que termina en un *glory hole* y dos habitaciones en las que puedes echar el cerrojo o dejar la puerta abierta.

—Esto es apropiación cultural —me dice—. Plagio evidente de las saunas gays.

Un chorro me masajea el perineo mientras hablamos.

—¿Por qué no le propones a tu novio normativo venir aquí?

—Me he cansado de intentar deconstruirlo. Y tampoco tengo mucho derecho a hacerlo.

Adelanto ligeramente el culo. El chorro sale con fuerza y cierro los ojos durante unos segundos mientras escucho las palabras de Olita imponerse sobre el rumor del hidromasaje.

—El otro día, en el Fusión pensé que es más natural follar en grupo, con alcohol y música, que en una cama de matrimonio.

—El sexo es una fiesta.

—Es que guarda más relación con el placer que con el romanticismo monógamo.

—Hace mucho que no me siento una puta por hacer ciertas cosas.

—¿Cómo ves a Paula? —le pregunto.

—Algún día vas a tener que hablar con ella.

Le digo que últimamente está poniendo en el frutero más papaya que plátano. «Pues no me pita mucho», me responde. «¿Que no te qué?». «Es una expresión que usamos». «¿De camionera a camionera?». «No, hombre, es como que no me salta el radar. Yo creo que aceptaría el abrazo de un cactus con tal de sentirse querida».

Me despido de ella en Manuel Becerra. Escribo a Sara, que vive a quinientos metros, y me pide que la espere diez minutos, que se quiere lavar el pelo. Yo no me he duchado al salir del spa, tengo la piel tirante y el pelo acartonado. La veo llegar, con la espalda recta y la coleta de caballo, mirando el móvil. Se acerca y me da un abrazo y un beso en la mejilla, cerca de la comisura.

—¿Qué bien hueles, no?

—Es cloro. Vengo de la piscina de Heidi, que se ha ido a Polonia y me ha dejado otra vez la casa.

—Qué suerte tener amigas así.

—Cloro.

Siempre deja mil papeles desordenados sobre mi cama. Cuadernos, bolígrafos, agendas, rotuladores y envoltorios de los helados que se compra en el chino conviven entre las sábanas deshechas, rodeando su ordenador. Se ha apuntado a un grado de Sonido y sigue cursando monográficos de escritura creativa en mi antigua escuela. Me enseña un ejercicio que consiste en intercalar en un texto de forma coherente sintagmas que le dan de antemano. Tiene que hacerlo en el mismo orden en que se los han pasado y con la mayor economía verbal posible. Son los siguientes: «dormía todavía, mano metida, cabeza por la almohada, profundidad amarilla, las mujeres para la mecánica, más profundo que, toda su raza, socio masculino, coristas mantenidas, pena por la chuchería, baldosas y peones en un juego, seguridad sino la decencia, sometiendo el clandestino y roce del algodón».

Tiene un rasponazo en el muslo. Se remanga aún más los *shorts* para que no le roce la tela con la herida.

Dejo el móvil en vibración cuando se va al Honky. Suele escribir en algún grupo de WhatsApp y, si yo contesto, me pregunta por qué no DORMÍA TODAVÍA. Conduce con dos copas y la MANO METIDA en la pantalla de su Huawei, lo que justifica mis paseos de CABEZA POR LA ALMOHADA. A esas horas suele estar al acecho de Sara, de la ex de Jaime o de cualquier pajarita de Tinder. Me espabilo cada media hora para revisar si la pantalla bloqueada colorea la PROFUNDIDAD AMARILLA con algún mensaje suyo, de su padre o de los atestados. Amanece y no está en su cama, en la mía, ni en la terraza fumando. Estará follando con Estef. Cuando folla follando, como le dijo a Jaime, no hay besos ni caricias que preparen a LAS MUJERES PARA LA MECÁNICA apertura de piernas. Futre maúlla en el intento MÁS PROFUNDO QUE haya conocido TODA SU RAZA por recibir una caricia. No tengo más SOCIO MASCULINO que el peludo del gato ni más compañía que las pelusas que arropan el ambiente como CORISTAS MANTENIDAS por la dejadez. Siento PENA POR LA CHUCHERÍA envenenada que sale cada día de su boca. Él lo llama nega. El gato desparrama la tierra sobre el ajedrez de BALDOSAS cada vez que caga o mea. Luego vuelve a mí. Somos PEONES EN UN JUEGO triste. No es LA SEGURIDAD, SINO LA DECENCIA mínima de dar señales de vida.

Me paso una manga y luego la otra por debajo de la nariz, SOMETIENDO EL CLANDESTINO dolor del vacío al ROCE DEL ALGODÓN.

—Está muy bien hilado. Es el mismo ejercicio que me mandaron a mí hace diez años.

—Lo escribí la segunda noche que dormiste con Estef.

Pasan las vacaciones y Estef vuelve de su excursión espiritual.

GITANA Hola monguer.
YO Hola langui.
GITANA Me has echado mucho de menos, ¿no?

La llevo al Label, el bar favorito de Olita, donde los pijos no son bien recibidos, y por pijos me refiero a cortarte el pelo en una peluquería y llevar la camiseta planchada.

—Igual nos miran mal, pero las cervezas son baratas.

Como Estef es la Duquesa de Alba reencarnada, no le arredran mis palabras. Lee un cartel colgado de la barra, «PIJOS A LA PUTA CALLE», y se ríe.

Lleva un breve vestido estampado. Tiene la piel más morena aún después de atravesar a pie cuatro provincias.

—Ahí sí que llevaba pintas —me cuenta en la barra, donde tardan en atendernos—. Casi me salen lombrices de lo sucio que llevaba el culo, tres días sin ducharme.

Los dobles, a euro y medio, caen a buen ritmo.

—¿Y has ligado?

—Demasiado te interesa mi vida sexual. Conocimos a un grupo de gaditanos tan majos como jóvenes. Lo último que se hace en el Camino es follar. Y mis pajaritos ya solo son de Tinder.

Voy a la barra a pedir un par de copas. Tiene mucha luz y a veces hay alguna que otra persona tocando la guitarra. Me ponen los rones con una cola ecológica que no echa por tierra el cubata.

—Mejor —me dice—. Bastante cargo de conciencia da malograr nuestra salud hepática.

Aprovecha para hojear una revista feminista, *Pikara,* y empezamos a hablar sobre la represión sexual de nuestras madres.

—Tú también tendrás una buena dosis de represión sexual.

—Claro, no me crie en la selva.

Antes de terminar la copa, me hace un análisis exhaustivo del fenómeno bukake.

—¿Por qué tú puedes comer cuatro coños de una tacada en el local ese al que vas y yo no cuatro pollas?

—Sí puedes, de hecho, se hace.

—No podría contarlo como tú lo cuentas.

—Igual no a todo el mundo, no.

—Yo no dejo de comer cuatro pollas por eso, lo dejo de hacer por el simbolismo, porque sabría que lo que más les pone a ellos es la posición de dominio. Parece que la excitación de ellos proviene exclusivamente de esa postración o de la humillación que creen provocar.

—Tampoco podemos quitarle el simbolismo al sexo, se vaciaría, seguiría existiendo, pero sin el aporte cultural, sería un poco más mierda.

—Ya, pero tú te quejas del romanticismo aplicado al sexo, y eso es un aporte cultural también.

—No, yo disfruto del romanticismo en el sexo, lo que no puede ser es una condición. No sé, Estef, ¿tú por qué disfrutas del sexo conmigo, por ejemplo?

Se ríe y dice «va, cambiemos de bar».

Estef no me descubre nada, pero su discurso sí me descubre a Estef.

—Hoy sí me apetece besarte —me dice después, mientras follamos—. Hoy me apetece mucho estar contigo. —Y me besa, y me muerde.

Son las diez de la noche de un domingo y vuelvo a casa después de estar veinticuatro horas fuera. Paula me espera leyendo en mi cama, con un semblante serio, como de esposa cornuda.

—Podrías haber escrito al menos.

Creo que a mí me exige un cariño maternal mientras que a Jaime le perdona sus ausencias de padre. Yo le hablo claro, la regaño, la educo y, por tanto, recibo su desprecio. Pero madre no hay más que una y a Jaime lo encontró en la calle. A Paula la he parido yo y, ahora, sobre este papel, la estoy volviendo a parir. La recreo deshilachada en el cordón umbilical que forman las frases. Se pare con amor y con dolor, no hay otra. Yo paro, yo decido.

Discutía con Nina, discuto con Paula, discuto con mi madre. Paso por casa de Estef y decido parar en su portal. Nunca discuto con ella. Es tarde, pero me abre. Está en pijama viendo una serie, y me acurruco a su lado. Es la primera vez que la noto relajada en una escena de matrimonio. Le doy un beso en la mejilla y me lo devuelve en la boca. No dice nada, me toca la barbilla y se vuelve para terminar de ver el capítulo. Me siento a gusto en su casa, como si me empezara a pertenecer. La casa del toldo blanco es otra baticueva. Me hago un niño en su regazo.

Paula se toma la pastilla de no pensar.

—Si es lo que mejor haces.

—Pero me destruye.

—Deberías probar el poliamor.

—La experimentación constante no garantiza nada. —La pastilla le quita color a sus mejillas y expresividad a su tono—. El poliamor es *mainstream,* Antonio.

Ceno en el Vips con Estef. La conversación deriva en lo correcta que es en apariencia y en lo loca que está en verdad. Le digo que, a pesar de su afición por la bebida, no veo esa faceta suya tan acentuada. Se ríe. Le pregunto por qué.

—No te lo puedo decir. —Y vuelve a sonreír maléficamente.

—No, va, hay confianza, somos amigos, ¿no?

Sigo insistiendo y me cuenta que hace dos fines de semana se tiró a un tinder de eme en los baños del Marula. Me sube un calor por la cara que me quema y un vértigo por el estómago que me ahoga. Me controlo, pero nota que me quedo completamente serio.

—No debería habértelo contado. Hasta ahora no te habían molestado los comentarios sobre mis pajaritos.

—No, no pasa nada. Lo mejor de nuestra relación es que no es tóxica. En un rato se me pasa.

Creo que, si no me ponía celoso con Estef, era más por creer que yo era el primero que por tener una relación verdaderamente limpia. Empiezo a entender por qué Jaime la dejó.

Me bebo tres copas en el Honky. Las camareras me las ponen largas creyendo que me hacen un favor, e igual a mí sí, pero a mi hígado no. Ya en casa, me miro al espejo para quitarme las lentillas. Observo un color de iris distinto. Los miopes tenemos la suerte de ver el mundo de dos formas. Sin lentillas, mis ojos están ebrios, no distinguen los contornos, pero aprecian otras formas, interiores, ven hacia dentro porque no pueden ver hacia fuera con claridad. El ojo miope es el ojo corrupto, y lo corrupto es siempre más humano. Las sombras que alberga la caverna de Platón son más reales que las ideas puras. Observo un color más claro, de tierra fértil, como si me creciera hierba dentro, una hierba parduzca y mojada, como si tuviera una pradera crepuscular incrustada en los ojos. Hoy solo he visto hormigón, no sé cómo ha llegado una pradera hasta allí. No son mis ojos. Me siento bien porque no son mis ojos, porque puedo ser otra persona, una persona distinta a la que siempre he sido, una persona más clara.

Las viñetas líricas se escriben en noche cerrada.

Escribo en el salón. Jaime sale a por un bote de Pringles y se sienta a mi lado. Cierro la pestaña del Word y abro el Spoti. Le caen migas por el pecho. Pongo Astrud y le pregunto si había escuchado esa banda anteriormente. Me responde que no. Media patata agoniza en el foso peludo de su ombligo.

—¿Y alguna ex tuya se ha drogado más de la cuenta?

—La azafata de vez en cuando, pero nunca conmigo, sabía que no me iban esas mierdas.

—¿No te gustaría habértela follado de eme alguna vez?

—No me hacía falta.

Se sacude los restos de patatas fritas como si fuera arena de playa, se levanta y sigue jugando al Fortnite o al Player Battle pollas.

Después de semanas de incomunicación, recibo un WhatsApp el viernes de madrugada en el que me pregunta dónde pincho.

Yo En el de la calle Campoamor, salgo a las tres y media.

Sara Era por verte *(2:06)*

Yo Vente *(2:10)*
Yo O voy luego *(2:22)*

No contesta. No quiero volver a escribir otro mensaje que se quede colgado. Aparco en el vado de un taller de motos que hay frente a su casa, apago el motor y bajo las ventanillas. Por el retrovisor puedo ver la profundidad de la calle, oscura y de un solo sentido. Pongo especial atención en los taxis y en los ubers, aunque también podría llegar en el coche de alguno. De vez en cuando miro al portal y hacia la otra dirección de la calle, por si vuelve andando con un tacón roto, el maquillaje corrido y un moratón en el cuello. Stalkeo su línea de WhatsApp a cada momento, pero no se conecta. Hay un aparcamiento libre dos plazas detrás de mi coche. Si viniera con otro, aparcarían ahí. Intento respirar controlando la cadencia, no envenenarme, pensar en otras cosas. Recuerdo la recomendación literaria de Heidi, *Amor líquido. Acerca de la fragilidad de los vínculos humanos,* y busco su entrada en Wikipedia. Es de un sociólogo judío al que largaron, o huyó, de Polonia primero y de Israel después, en este caso por antisionista. Perteneció al comunismo institucional de la Polonia del Telón de Acero y, después de abandonar el país, siguió plasmando ideas socialistas y antiglobalizadoras en su obra. Me enciendo otro cigarrillo después de amputarle la quinta parte para librarme de un cáncer prematuro. Hago una lectura oblicua, interrumpida por el sonido de los coches que pasan sin detenerse. Cuando bajan despacio, intento fijarme en si llevan copiloto, un copiloto con el pelo largo y rubio. La única actividad relevante ha ocurrido hace media hora, un Smart ha ocupado el sitio que quedaba libre y de él se ha bajado un pijo con la camisa por fuera. El sociólogo me parece un personaje simpático, antiliberal, pero demasiado nostálgico.

Odia la sociedad del siglo XXI porque no es la suya. Leo la crítica que le hacen en *El Cultural,* artículo en el que se preguntan si la laxitud de las costumbres contemporáneas afecta a la firmeza de los vínculos amorosos. Lo de siempre, a los liberales españoles solo les preocupa la libertad económica, la otra es inicua. Ese planteamiento le pega a Heidi y al discurso que le recriminó su psicóloga. Este es mi análisis, líquido, wikipédico, de la obra de Bauman, achaca al individualismo los males de las relaciones personales, pero es ese sistema, el capitalista, el que ha instaurado la familia, la monogamia, el compromiso y la falta de libertad sexual.

Ha pasado una hora y cuarto y Sara no aparece. Escribo a Paula, que me está sustituyendo en el Honky por enésima vez. Me responde que todo va bien y me manda tres iconos con besos. No quiero que mi vínculo con Paula sea pasajero, no le quiero dar la razón a Bauman, de toda la vida la gente ha podido contar con los dedos de una mano a sus amigos más íntimos, otra cosa es que ahora, con Internet, afloren las relaciones circunstanciales. Me enciendo otro cigarrillo mientras observo el portal dormido. Esta vez no lo corto, lo aprovecho hasta el final y lo fumo con fruición, exento de culpa. Cuando solo queda el filtro, lo impulso con el dedo índice, intentando alcanzar el cierre del taller. Se me empieza a cansar la vista de tanto mirar el aburrido portal de Sara. Ni siquiera tiene un toldo blanco con unas estúpidas letras escritas con tipografía de barrio de clase media. Al rato, se enciende la luz del rellano y aparece un chico de unos treinta años. Por un momento, me planteo salir del coche para preguntarle si viene del piso de Sara. No ha podido llegar tan pronto, no lo sé, no le pega ligar por la noche con un desconocido y subírselo sin más. Estef sí, ella está en su momento más líquido. El chico es guapo, le cae un flequillito rubio por la frente y tiene los hombros anchos. Dudo de si es el mismo del Smart, al otro solo le he visto de espaldas. Este también lleva camisa, pero remetida en el chino y se larga andando. Agarro la manilla de la puerta, pero no llego a abrir, el chico baja ya la calle, balanceando la espalda con un andar adolescente que le hace perder toda elegancia. Podría estar en ese mismo instante metido en mi coche, enfrente del toldo blanco de Estef, y no cambiaría nada. Me quiero largar de ahí, pero no puedo. Estef también me va a liquidar. Pregunto a Olita si ha leído *El amor líquido.* Debe de estar con uno de sus dos amores sólidos. Olita es de un poliamor sólido y contradictorio enervante. Estoy a punto de arrancar el coche cuando aparece por el retrovisor un taxi que se va haciendo más grande y más lento conforme alcanza mi altura. Me empieza a latir el corazón a más de cien pulsaciones. El coche para unos tres metros detrás del mío y enciende el pilotito verde del techo. Dudo, en caso de que Sara no reparara en mí, si bajarme o no. Aprieto los dientes de forma inconsciente. Desde que la conozco, mi bruxismo se ha agravado. Es nociva para mi salud bucodental. Si viene acompañada no puedo montar un número infumable. Somos la primera generación de cornudos consentidos y eso es muy duro, hay que tragar saliva, no escupirla. Se baja una pareja. La chica es morena y caballona y agarra al chico por la cintura. Respiro. Me siento un acosador, un pobre hombre y un gilipollas. Linkeo un vídeo de Youtube, la canción *Marieta,* de Krahe, «y yo con mi canción como un gilipollas, madre, y yo con mi canción como un gilipo-o-o-llas». Escucho el final, donde el narrador intenta matar a la bella, a la traidora, Marieta, pero a ella ya le ha dado un telele y se queda con el puñal en la mano como un gilipo-o-o-llas. Vuelvo a escribir a Olita para preguntarle si constituye apología de la violencia de género. Ya me dirá algo mañana. La claridad se abre paso en la noche de mierda que he tenido. Me bajo para recoger las dos colillas que he tirado al suelo, por hacer algo cívico, y las tiro en el cubo de basura que corresponde al portal de Sara. Me fijo en que el Smart del pijo es un Car2go. Me vuelvo a meter en el coche, echo una última mirada al portal y arranco. Lo que más me jode es la ignorancia.

Cuando Estef se desnuda, me ocurre lo mismo que con Sara, siento que es una pared demasiado alta para ser escalada. Es curioso cómo, en el proceso sináptico, manda el temor sobre el deseo.

El *piercing* que le atraviesa el pezón derecho se puede considerar un residuo rebelde de su adolescencia. Y ahí sigue, recordándole a su teta que sigue siendo tersa y firme.

El miedo se come la testosterona. Sara me besaba. Los besos de Sara me quitaban el miedo.

Estef tiene una teta dócil y otra subversiva. A mí me resulta menos simpática la segunda, que me deja un sabor frío y metálico en la boca. La teta derecha de Estef es la siniestra, se adelanta a una decadencia que no parece llegar. Si su pecho es frutal, si se ramifica en una naranja azucarada a un lado, ¿por qué mantener del otro un limón con sabor a óxido? El pecho izquierdo es más puramente joven, su pezón libre es un pétalo de amapola.

Todavía está borracha. Pone la alarma de su móvil para tres horas después y se duerme.

Hoy tampoco se ha corrido, ha soltado un «joder» cuando lo he hecho yo y se ha ovillado durante un par de minutos.

Al rato parece que se le ha pasado, porque me ha dado un beso y me ha pedido que la abrace. Lo he hecho y la he oído susurrar, antes de perder la conciencia, «soy una pedosa».

Contacto exprés, etílico, trasnochador. Fotopolla, fotocoño, estoy cachonda, dirección, voy.

Quince minutos hasta el dúplex de una cayetana a la que le han dejado sus padres una herencia premortem en Arturo Soria. He llamado dos veces al telefonillo, pero no abre. En la primera han llegado a descolgar. Compruebo la dirección que me ha mandado justo después de la fotopolla. Es esa, 3A, escalera 4. Vuelvo a pulsar. Oigo el sonido agudo y prolongado de la llamada. Nada.

Yo Estoy abajo, he llamado tres veces.

Cayetana Ya, es que mi telefonillo tiene cámara.

Yo Pero si mis fotos de Tinder son actuales, zorra.

Cayetana Block.

Nina Be le echó la culpa de todo al divorcio de mis padres y a las lecciones de vida de mi tío Cosme.

—Eres muy freudiana, tronca.

—No es freudiano, pero los psicólogos siempre acuden a la infancia, y ahí suelen encontrar la raíz de todo el comportamiento posterior.

—Freud está desfasado.

—Que no es Freud te he dicho.

En la última época también cargó de responsabilidad a Jaime, como si su poligamia me hubiera marcado el camino, cuando fue al revés. Esta interpretación de mi voracidad sexual, de mi falta de compromiso me restaba toda capacidad de decisión.

Heidi Mi saico me dice que siento fascinación por agarrar un adoquín y convertirlo en flor.

Yo Poesía.

Heidi Y que el adoquín más duro de mi jardín eres tú.
Yo Psicología barata.

El pezón derecho de Estef es el pedoso, el que se acuesta a las cuatro de la mañana después de beber y follar con algún pajarito con suerte. El izquierdo es el que se levanta a las siete y se sitúa entre las filas de asientos de un avión para hacer mímica. En realidad, ni uno me parece tan siniestro ni el otro me deja de dar miedo.

—Así es como llamaba mi madre al pene —le dijo Paula a Olita cuando volviendo de las policañas se toparon con el desfile del entierro de la sardina e idearon la *performance.*

—Eres uno de los invitados VIP a la fiesta del entierro de mi heterosexualidad.

Paula ha dedicado personalmente los sobres, dibujado a la persona invitada junto a un pene con ojos, nariz, y sonrisa, que camina con unas patitas muy finas en dirección a una caja abierta.

—Son los pelos de los huevos, que le hacen la función.

Está Olita, por supuesto, Jaime y la neuróloga, el señor Lobo, que ha venido de Dublín, Ana, junto a otros excompañeros del Pilar, una psicóloga del hospital de día, la pareja de Segovia, los del circo, los del curso de capoeira, una profesora de filosofía, y hasta mi padre, que le ha pillado un racimo de cervezas yonquis al mantequero del Atleti.

Olita y Ana se turnan llevando un estandarte, los demás alzamos las pancartas que sobrevivieron del 8-M y Paula porta la caja, que contiene un consolador que le ha birlado a su madre.

—Menos mal que no se han marcado un Lorena Bobbit para la ocasión —le digo al Lobo.

—Más que nada porque igual te habría tocado a ti.

Mi padre saca de una bolsa cuatro cervezas y nos las ofrece a Jaime, al Lobo, a la ginger y a mí.

Paula pronuncia su discurso en el que cita a Feminista3: «Doctores tiene la Iglesia, pero doctoras el feminismo, muchas aquí presentes, y para ellas va este alegato y este agradecimiento. Gracias a ellas que han sabido ayudarme a encontrar la cura de mi heterosexualidad». Olita se coloca a mi lado y me pide un sorbo de cerveza.

—¿A qué viene este circo?

Olita se me acerca al oído para responderme en un susurro.

—No tienes sentimiento de culpa por nada nunca, ¿no?

Paula entierra el pequeño ataúd en un hoyito y todo el mundo aplaude. Pienso en la cápsula del tiempo abandonada de Estremoz. Ya han pasado más de ocho años.

Me empiezo a encoñar peligrosamente de Estef. Nunca ha necesitado hacerse la dura, ni ha entrado en exceso en mis juegos pasivo agresivos. Me escribe con gracia y naturalidad, con un cariño latente. Me pide cita, literalmente: «¿Me das cita hoy?». Le digo que quedo con ella solamente si me dice que tiene muchas ganas de verme. «Sabes que sí. No eres mi mejor polvo, pero sí el más esperado». Está aprendiendo de mis negas y empiezo a encajarlos mal.

Conforme me encoño de Estef, me desencoño de Sara, aunque ambas cumplen el rol del amor prohibido de Machín, el complemento de mis ansias. Donde no caben dos es en el amor sagrado. El corazón no se puede volver tan loco; la polla sí. Eufemismos de bolero.

Cuando Estef me folla, cuando está arriba, levanta el culo en exceso y, en alguna ocasión, la polla se escapa como una sardina viva. Pide «perdón» y se la vuelve a meter con urgencia. Me imagino que después de disculparse, acaba la frase en su cerebro, «siempre se me olvida que no la tienes tan grande como Jaime».

El cuerpo duro y frágil de Paula cabe entre los barrotes de una de las puertas del Retiro, la del Niño Jesús, que es la que queda más cerca del hospital y del Santa María del Pilar. Coloca su cuerpo lacerado de perfil, pasa una pierna primero, el tronco después y, por último, en un movimiento ralentizado, la cabeza.

—¿Veis como cabía? —dice triunfante.

Es la una de la madrugada y hace tiempo que el parque ha cerrado.

—Tú tienes que caber por debajo —le dice a Olita, que acaba de romper con su novio normativo y nos ha llamado para airearse.

—Ojalá, pero yo me cebo todos los días a base de tapas y cerveza.

—Que cabes, te lo digo yo.

Tanto en los accesos laterales como en la puerta principal hay un surco donde se enclavan los cerrojos. Olita teme quedarse atrapada y acabar la noche peor de lo que la ha empezado, pero me entrega el abrigo, se tumba boca arriba y se desliza hasta que topa con la verja.

—¡Mis tetas me han atascado! —grita.

Paula se las apretuja como si amasara pan y Olita logra pasar. Se sacude los pantalones, se tantea los pechos como para asegurarse de que siguen intactos y luego hace un ademán de golpear a Paula, pero termina dándole un beso sonoro.

—¿Y yo qué coño hago al otro lado? —les pregunto.

—¿No te enseñó Jaime a escalar?

Las farolas alumbran el silencio y el asfalto, que se hace más sombrío conforme se estrecha la hilera de árboles.

Paseamos sin prisa, Paula en el centro y Olita y yo flanqueándola.

—Porque ¿qué hace un monógamo con su deseo?

—Yo al mío lo alimento y lo engordo en un proceso interminable —le digo—. ¿Qué hace un poliamoroso con sus celos?

—Tú has follado por encima de tus posibilidades, como dijo Rajoy —replica Paula.

—Mis celos los educo, los regaño y me los como —termina Olita.

Subimos por el paseo de los patinadores, en dirección a O'Donell, pero giramos antes de llegar al Florida Park para dirigirnos hacia el estanque.

—Le voy a echar de menos, él no lo entiende, cómo le puedo querer a él, a ti, a mis novias y a un chico que me entre en El Delirio a las cinco de la mañana.

—¿El Delirio no es de gays? —pregunta Paula.

—Sí, pero me entran más tíos que tías.

El novio normativo le ha dicho que el amor real es exclusivo, que se llama limerencia, una mezcla de amor y obsesión que hace que no pienses en otra cosa que en el objeto del deseo.

—Qué romántico tu exconovio —dice Paula.

—¿Excoqué?

—Ex desde hace tres horas y co porque lo fue en reunión fraternal. No me gusta este parque.

Paula estuvo internada durante un año en el Niño Jesús, sentada en una silla los dos primeros meses, con media hora para leer y alimentada primero por una sonda y después a base de una dieta baja en calorías que se fue incrementando gradualmente.

—¿Veis estos escalones? —dice Paula, que los sube y los baja como si estuviera haciendo *fitness*—. Le decía a mi padre que estaba jugando, pero enseguida le pidieron en el hospital que no dejara que me moviera mucho.

El estanque duerme. Un río vivo nunca duerme. El río de mi barrio está muerto y el estanque dormido. Ni las carpas noctámbulas logran despertarlo.

—¿Puedo dormir hoy con vosotros? —pregunta Paula.

Decidimos echar una carrera hasta la puerta enrejada por la que hemos entrado, cada uno a su manera. Ninguno llega a la meta, los tres resuellos podrían despertar un océano.

El poliamor es como el comunismo del *Manifiesto,* no está la idea todavía bien desarrollada, no se conoce el camino, aunque se sepa que es el mejor de los posibles. La pareja monógama es el capitalismo, una contradicción y una fuente de dolor y desigualdad. Una puta mierda.

Jaime no está en casa. Hace tiempo que cambió su cama de ochenta centímetros, en la que dormía acompañado, por una de ciento treinta y cinco, que duerme vacía. Nos tumbamos los tres encima de ella, sin quitarnos la ropa. Ahora es Olita la que está en el centro, mira hacia mí. Paula la abraza por detrás.

—Podéis follar si queréis —nos dice.

Los sábados en que Estef no me escribe de madrugada puede estar a treinta mil metros de altura o follando de eme en los baños del Marula con cualquier pajarito.

A la mañana siguiente me envía una foto del espejo de tocador que siempre tiene encima de la cómoda. Aparece volcado sobre la mesita del salón, con restos de coca y una copa de vino al lado. Le pregunto si ayer folló, directamente. Tarda más de lo habitual en contestar.

Estef ¿Por?
Yo Es una pregunta xD. Sí/no. Tampoco voy a preguntar más.

Estef Ains…

Yo Ains qué.

Estef Ains nada, que me hace gracia que me preguntes según qué cosas. Sí, follé, sin más.

Yo Ya, si yo me parto también. No me vuelvas a enviar fotos así.

Estef Dentro de nuestro buenrollismo, me cortaré más en lo sucesivo. No lo he hecho a malas.

Lo cierto es que no me sale odiarla ni aunque lo haga por joder. No le sale llamarla puta a mi cerebro heteropatriarcal.

Voy a su casa esa misma tarde. Se sorprende de la intensidad con que la beso. Me gusta más de lo que pensaba. La follo con ganas, pero busco marcas de la noche anterior mientras lo hago. No encuentro nada, ni un leve arañazo, ni un pequeño cardenal, ni el contorno morado de algún chupetón. Me consuelo pensando que igual él tampoco la folla como se merece.

Después la abrazo por detrás y vemos un capítulo de *Paquita Salas.*

Hay una línea de vida entre Jaime y yo. La vía es difícil, debe de ser un 7b. Quizás el desplome donde acaba de llegar la convierta en un 7c. Tiene los músculos tensados, como yo la cuerda, y la mano derecha enganchada en un saliente de la roca caliza. «Es buena mano, es buena mano». Siempre descansa sobre el brazo derecho, se va a lesionar el hombro cualquier día. Hay mucha distancia entre una chapa y otra. Por muy en corto que le tenga, hay caída. Un mínimo impacto, hay quien se ha hecho mucho daño con un mínimo impacto contra la roca. Sujeto el gri-gri con la mano izquierda y la cuerda por el lado de frenado con la derecha, como me enseñó él. Está a ocho o nueve metros de altura. Tengo que doblar demasiado la cabeza y mantenerla en esa posición. Luego las cervicales se resienten. Desde esta distancia reparo en que ha ensanchado de espalda en estos últimos meses en que hemos salido más a la sierra. Nos une la cuerda como un cordón umbilical, como las frases líricas me unen a Paula. A su derecha tiene un cazo, lo sé porque acabo de hacerme la vía yo. Él asegura mejor. Él todo lo hace mejor. Pero está ascendiendo a vista y no se percata de ese hueco en el que le entraría toda la mano. Podría colocar el pie izquierdo en esa otra grieta. No es una grieta, es el coño gigante que pasean las feministas en procesión. Tampoco lo ve, hoy está espeso. Se lo diría, pero es muy orgulloso, no aceptaría el consejo, aunque le haría dudar y eso postergaría el paso aún más, acabaría con mi paciencia y mi concentración. Un día me voy a despistar de verdad. En el roco suelo mirar a alguna universitaria que escala la vía contigua en *leggings*. Por una vez tendría razón en recriminarme una negligencia, aunque no podría hacerlo porque tendría los huesos espachurrados contra el suelo, todo lo largo que es. Mataría por poder pronunciar un último reproche, no has bloqueado bien, has colocado la cuerda al revés, no has cambiado de mano, no te has acercado lo suficiente a la pared, pero el que estaría muerto sería él. Hay una línea de muerte entre Jaime y yo.

Estef se presenta a las 5:30 en el Honky con un tacón roto, medio gramo en el bolsillo y el otro medio ya puesto. Unta dos yemas en el polvo y me los mete en la boca con el mismo movimiento que ejecuto yo para meter una canción. La llevo a casa de Heidi, que trabaja en Varsovia durante toda la semana. Ella se ha ido muy contenta con su nuevo proyecto y su pinchazo de ácido hialurónico recién aplicado y yo me he traído una maleta en la que he incluido dos bañadores y un lubricante Durex. La cargo a caballito desde el garaje hasta la piscina, nos desnudamos el uno al otro y follamos dentro del agua petados de amor sintético. Subimos al piso con la ropa en la mano, goteando cloro por los escalones. Ya en casa, voy al baño, y cuando vuelvo la veo frente a mi ordenador, con la novela abierta y una cerveza artesana encima de la mesa. Cierro el archivo y la regaño por invadir mi privacidad y coger la cerveza equivocada.

—Venga, enséñame cómo me has dibujado.

—No te voy a obligar a leerla entera, recorto tu personaje y te lo envío por *mail.*

—Es que también quiero ver cómo son las otras pájaras de este cabrón, en especial la pelirroja —me suelta con una sonrisa cínica—. Si no de qué me ibas a follar tú.

Parece ser que Jaime no se pasaba el rulo por los huevos, y en el nido de pelos rojos que llevaba formado ahí, Estef encontró la respuesta a los extraños hábitos de su pareja.

—¿Y lo de Dublín lo sabes? —Su gesto me da a entender que no—. Bueno, yo te la paso entera y tú verás lo que haces con ello. Lo que no entiendo es por qué no le dejaste tú.

Estef saca una carcajada de lo más profundo de su ser.

—Pero si le dejé yo.

Al final no hace falta estudiar Neurología para evitar que un mierda te chulee.

Me cruzo con mi hermano en la cocina de la casa de mi padre. Sorbe de un bote de yogur líquido. Al verme, corre detrás de mí por el pasillo, desbloquea su móvil y abre Instagram: «Mira qué pibón me estoy tirando, 4K *followers*».

18:58. Un año y medio después no es primavera. Continúan en su sitio las tumbonas de ratán negras, las mesas altas, los turistas con sus cámaras y su caminar ocioso. Han cambiado a Parov Stelar por una música *chill out* revenida y la exposición de fotografía ya no trata sobre el drama de la inmigración. Me apoyo en el pasamanos de la barandilla, sujeto con dos dedos el ticket que me ha permitido acceder hasta ahí. Son las 19:01, un minuto sobre la hora indicada. Intento imaginar qué lugar elegiría ella para quedarse parada, esperándome, porque ella esperaría de pie, digna, a que yo me acercara. Doy un par de vueltas sobre el césped artificial que cubre la parte oeste de la terraza, con las manos en los bolsillos, pero con los ojos bien abiertos, intentando localizar figuras solitarias. 19:03. La azotea está concurrida. En la película original, *Love Affair,* el protagonista se cruza con tres personas que cogen el ascensor para volver a bajar, antes de quedarse solo. Mira al horizonte, de espaldas a la cámara, y abre los brazos con resignación. 19:05. Nina es despistada, pero ¿qué probabilidades habría de que le hubiera atropellado un taxi, un 0,01% frente a un 99,9% de que no haya venido porque no le ha dado la gana? ¿Un 0,02 si contamos las licencias VTC? En las dos primeras películas los protagonistas se conocen en un crucero, Warren Beatty y Annette Bening en un avión. Sería otra actualización, atropellada por un uber en lugar de por un taxi. 19:09. En *Love Affair* mira la hora repetidamente y, después, cae una tormenta hasta que se le hace de noche. 19:11. Vuelvo a la barandilla, miro la Gran Vía. Desde su casa, en la plaza de los Mostenses, que está al otro extremo de la calle, tardaría entre diez y quince minutos a pie. Siempre que me asomo a alguna ventana o balcón y veo el hormigueo de personas anónimas ahí abajo tengo la tentación de escupir a ver si acierto en alguna coronilla. 19:12. Calculo también las probabilidades de que la caja del tiempo siga enterrada. Nada me apetecería más que viajar hasta el castillo en Estremoz con un pico y una pala de verdad y, una vez recuperado el tiempo, seguir camino hacia Lisboa. 19:13. Me doy la vuelta. La panorámica ofrece unos cuantos grupos y varias parejas ajenas a la única persona que no tiene compañía en toda la azotea. Solo quedan dos mesas libres. En una se sienta un tipo alto, espigado y con perilla que sonríe a una chica de pelo liso, brillante. Lleva el flequillo abierto, un vestido amarillo, corto, y una diadema fina. También le sonreía a él, tímida. No le recordaba esa sonrisa, no le pegaba sonreír así. Tampoco le pegaba hacerme esto. Había menos probabilidades de que me hiciera esto que de que le atropellara un taxi.

—Has escuchado lo último de Nina?

—¿Cómo dices? —le pregunto desconcertado.

—Nina, la cantante de Morgan.

Se ríe y pincha en Spotify *Sargento de hierro:*

Voy a pensar en ti,
y no olvidar tu nombre.
Creo que me perdí,
no sé por qué ni dónde.

—La cantó con Quique González en la Joy.

Las virutas de humo ascienden hasta el techo del salón.

Tengo nubes en los ojos,
y en los recuerdos humo,
tengo los pies rotos
y en la garganta un nudo.

Cúrame, viento,
ven a mí
y llévame lejos.

Cúrame. tiempo,
pasa para mí
y sálvalos a ellos.

—Joder, cómo canta.

Nina no Be canta con una voz potente y ligeramente ronca y aspirada que te lleva muy lejos.

—Con lejos se refiere a atrás, no al espacio, llévame lejos en el tiempo.

—Al paraíso perdido. —Aplasta el cigarro concienzudamente en un cenicero de diseño y entrecierra los ojos para que no le entre la nube de humo que acaba de espirar.

Enlazamos vasos de rioja y canciones de Spotify hasta acabar con dos botellas y el repertorio del servidor musical.

Cuando Estef va muy pedo, o folla muy rápido o hace el amor muy despacio. En ninguno de los dos casos llega al orgasmo, ni siquiera en su postura más propicia, ella arriba. Yo prefiero lento, me encuentro más veces con su boca y tarda más en alejarse. No hay prisa, y los medios son el fin.

El que sí me corro soy yo.

—Acaba dentro —me dice.

Lleva tres meses sin tomar la píldora. Admiro su capacidad vengativa. La miro y acabo dentro de una Estef iluminada por la luz municipal que filtra la persiana.

—Eres un inseminapotras —me dice antes de dormirse.

Yo ¿Qué mail te gustaría que te escribiera el hombre al que quieres?

Olita Qué mail, por qué un hombre…

Yo ¿No hay un tío al que hayas querido más, al que más extrañas, con el que más sueñas?

Olita No coinciden ninguno de los tres. Y la tercera es una chica.

Yo ¿El que más quieres es uno, con la que más sueñas es otra y al que más añoras es un tercero?

Olita Eso es.

Yo ¿Quién es el que más adentro, literalmente, te ha llegado?

Olita El que más larga la tenía es un cuarto, pero ni sueño con él, ni le extraño, ni le he querido nunca.

Yo Joder, al que más añoras, te escribe un mail el chico al que más añoras, que supongo que es el chico con el que más cuentas pendientes tienes, ¿o hay un quinto?

Olita Es el mismo, sí.

Yo Pues recibes un mail, sin asunto, ¿qué te gustaría encontrar dentro?

Olita Algo que me creyera.

Enciendo el Mac en el salón de Riaza. Me he fumado un cigarro en la terraza, abrigado con una cazadora amarilla fosforito con la que esquiaba en La Pinilla de adolescente. Apago la luz de los tres faroles, el de la entrada del jardín, el que alumbra la curva de la escalera y el de la puerta de casa. La cierro, es invierno, tengo los dedos congelados del frío y los pulmones calientes del humo. Abro el *mail,* introduzco las tres primeras letras del correo de Nina Be y clico encima. Lo escribo en el asunto y dejo el cuerpo del mensaje en blanco: «Me gustaría escribirte algo que te creyeras».

Todavía tengo la cazadora puesta, al colgarla en el respaldo de una silla recuerdo a mi tío Cosme enseñándome a hacer cuña.

Jaime está en la terraza desnudo de cintura para arriba; como siempre, lleva solo los pantalones de su pijama de hospital. Es mediodía, pero tiene tres botellitas vacías de Jack Daniel's en la mesita y una mediada en la mano.

—Quedan cuatro en el congelador —me dice—. Cógete una.

Vuelvo con dos y le dejo una de ellas en la mesa.

—¿Necesitas pillar calorías otra vez? Hacía tiempo que no te veía beber.

—He dejado a la neuróloga. Echo de menos a Estef. Mucho.

—¿Te refieres a la azafata? —le pregunto.

Echa el cuerpo hacia atrás hasta levantar las dos patas delanteras de la silla.

—Era una zorra mentirosa, pero era ella. Le voy a pedir volver.

—Levanta el culo y ponte la camiseta del Madrid, que nos vamos a escalar.

El Thunder tiene un cierre petardo. Al principio tiraba de *Un beso y una flor,* luego las camareras comenzaron a subirse a la barra para bailar *La bilirrubina* y hoy les meto a las Spice, que les encanta. Habría preferido un cierre más épico, algo de Arcade Fire o aquel *hit* de White Lies con el que culminaba las noches del Honky hace años. El señor Lobo se subía a la plataforma y la coreaba con los brazos en cruz. Me quedan tres tragos de la cuarta copa. Los saboreo mientras miro las piernas de mis compañeras. Cobro, salgo sin despedirme y paro un taxi.

—A Mostenses.

Me deja enfrente del Ginos. Es viernes, seis y media de la mañana, unos dominicanos salen de la discoteca de salsa que hace esquina con el bloque de Nina. Refresca, pero la armadura de alcohol me protege del frío, como me protegería de la policía o del tipo alto que la sonreía en la azotea. Camino deprisa, adelantando la pisada, erguido. Es mentira que se hacen eses estando ebrio, se camina seguro, con paso de soldado, de general victorioso. Se camina aventando una bandera, la propia, para clavarla en el pecho de una mujer. Después se quema. Con alcohol todo arde mejor. Llamo al 1.7 una vez, dos y tres veces, dejando pasar unos cinco segundos entre un toque y otro. Los últimos sorbos de la copa me rabian la sangre. Me palpo el bolsillo del vaquero, las dos llaves sueltas, la del portal es la fina. *Death* se llama la canción de White Lies, un tema oscuro con un bombo a negras, como un latido desbocado. La oficina reconvertida de Nina está en penumbra, iluminada solamente por la pantalla de un ordenador que no me es familiar y por la franja de luz que asoma del cuarto de baño. Tropiezo con una caja de cartón, pero el rumor de la ducha y del calentador amortigua el sonido. Me echo en el sofá, en un extremo, frente a la pantalla. Es un Mac grande, de unas 26 o 28 pulgadas, que da suficiente luz como para iluminar un salón tan pequeño. Debe de ser del hijo de puta de la perilla, que se está instalando aquí. No le pega haber metido en unos meses a un tío nuevo. El calentador deja de bufar y el agua de correr. Tiene abierta la web de Outlook. Suena la cisterna, el grifo del lavabo, el traqueteo de los cajones que se abren y se cierran, el resuello del secador. Miro hacia el baño. En el brazo del sofá, el contrario al que estoy sentado, hay dobladas una falda oscura y una blusa clara. Tecleo «Death, White Lies» en Youtube. Suena el bombo y la melodía frasea por encima: *«I love the feeling when we lift off, watching the world so small below»*. Me recuesto, echo la cabeza hacia atrás y cierro los ojos. Cuando los vuelvo a abrir veo a la chica inclinada a un lado del sofá, congelada, con un brazo estirado y el otro sujetando la toalla que le cubre parte del cuerpo. Levanto la mano derecha despacio, de forma gradual. Abro la palma y se la enseño.

«So frightened of dying, relax, yes, I'm trying, but fear's got a hold on me». Engancha la ropa con un quiebro felino que me recuerda a Futre, pero en vez de morderme, sale corriendo hacia la puerta. Se detiene en el umbral, como si se hubiese olvidado de algo. Antes de desaparecer por el pasillo se da la vuelta y grita: «¿¡Quién coño eres tú!?».

Me duelen las palmas de las manos. Las junto. Hay una parte en carne viva, en el revés de los nudillos, entre la línea del corazón y la línea de la cabeza. El correr de la cuerda me ha abrasado la piel. Me duele el cuello de mirarlo desde abajo. Una mano en una presa, la otra en la bolsa de magnesio. Me siento cansado, desearía meterme en el cuarto que fue de Nina, reconocer el bulto de su cuerpo bajo las sábanas, acoplarme en él y cerrar los ojos. Me enciendo un cigarro. El alcohol también me protege del tabaco. Introduzco mi cuenta en el ordenador de la felina, pulso sobre la pestaña de mensaje nuevo y escribo la dirección de Sara: «Me gustaría escribirte algo que te creyeras». Doy una calada y calculo las que me quedan antes de que se consuma por completo. El cigarro se está acabando. La canción también: *«Yes, this fear's got a hold on me».*

AGRADECIMIENTOS

A Yael Margareto, por aburrirse en su trabajo y por todo lo que vino después.

A Cata Mejía, por abrirme la puerta.

Para escuchar todas las canciones
que han sonado en esta novela,
escanea el código:

Índice

Temporada 1 7

Temporada 2 81

Temporada 3 107

Temporada 4 183

Agradecimientos 247

HITS
LIGHTHOUSE
One Fine Morning
THE
nada surf
II
Harvest
LIVE SONGS
MUSICIANS 1972
Ron Cornelius
Acoustic and Electric Guitar
Peter Marshal
Stand-up and Electric Bass
David O'Connor
Acoustic Guitar
Bob Johnston
Organ
Leonard Cohen
Acoustic Guitar
Donna Washburn
Vocals
Jennifer Warren
Vocals
MUSICIANS 1970
Ron Cornelius
Electric Guitar
Charlie Daniels
Electric Bass
and Fiddle
Elkin Fowler
Banjo and Guitar
Bob Johnston
Harmonica and Guitar
Leonard Cohen
Acoustic Guitar
Aileen Fowler
Vocals
CHEVERTON WORKBOATS
The London Telegraph
THE BEACH BOYS LIVE IN LONDON
Brian,
Wish You
Were Here!
Alan, Bruce,
Carl, Dennis
and Michael
Brian Wilson
7777 Sunset
Hollywood
California
USA
OASIS

Story Of THE CLASH
AL STEWART
YEAR OF THE
(EL AÑO DEL GATO)
BEASTIE BOYS

Ya nunca hace calor
y en lugar del amor
nos hicimos daño.

Nacho Vegas